KB078337

니콜로 장편소설

FUSION FANTASTIC STORY

마왕의 게임

마왕의 게임 17

니콜로 장편소설

초판 1쇄 찍은 날 § 2016년 11월 10일
초판 1쇄 펴낸 날 § 2016년 11월 17일

지은이 § 니콜로
펴낸이 § 서경석

편집책임 § 조현우

펴낸곳 § 도서출판 청어람
등록번호 § 제387-1999-000006호
등록일자 § 1999. 5. 31
어람번호 § 제1-2562호

주소 § 경기도 부천시 원미구 부일로 483번길 40 서경B/D 3F (우) 14640
전화 § 032-656-4452 팩스 § 032-656-4453
http://www.chungeoram.com
Email § chungeorambook@daum.net

ISBN 979-11-04-91037-1 04810
ISBN 979-11-04-90396-0 (세트)

니콜로 장편소설

FUSION FANTASTIC STORY

마왕의 게임

도서출판 청어람

목차

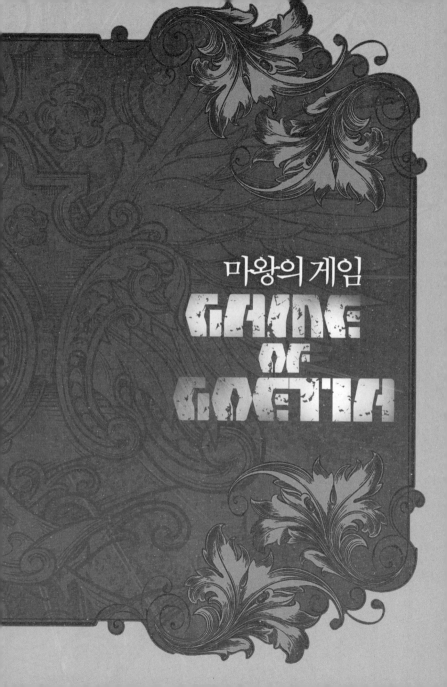

제1장

돌발사태

잠시 중단됐던 2세트가 재개되었다.

게임의 신이라 불리는 사상 최고의 강자 이신.

2년 연속 그랑프리 개인전 결승 진출자 박영호.

두 사람의 사투는 계속해서 맵을 피로 물들였다.

여기저기 산발적으로 벌어지는 소규모 교전의 횟수가 일반적인 수준을 넘어섰다.

한마디로 쉬지 않고 전투가 벌어지고 있다는 뜻.

보는 관중들도 정신없어 완전히 넋이 나갔다.

조용한 가운데 이따금 오, 와, 하는 탄성만 울려 퍼질 뿐이었다.

수비적으로 게임을 시작한 이신이었지만, 기갑 체제로 체제전환을 하면서부터 서서히 견제 플레이를 개시하였다.

그리고 박영호는 자신이 준비한 맞불 작전을 그대로 펼쳐 보였다.

이신의 견제를 막으면서, 본인도 똑같이 견제를 시도한 것이다.

피 터지는 싸움이 이어지는 가운데, 박영호는 1시 앞마당에 3번째 확장 기지를 펼쳐서 총 4광산 확보에 들어갔다.

그러자 어림없다는 듯이, 이신의 병력이 1시 방면을 향해 진격을 개시했다.

기동포탑과 고속전차 등으로 이루어진 기갑 군단이었다.

1시 앞마당에 당도한 기동포탑들이 일제히 포격모드로 변신했다.

ㅡ퍼퍼퍼퍼퍼펑!

쏟아지는 포격!

그 타이밍에 맞춰서, 박영호 또한 괴물주술사로 흑안개를 뿌리며 역공을 펼쳤다.

ㅡ펑! 펑! 퍼엉!

구름다리처럼 흑안개로 이루어진 길을 따라 바퀴 떼가 돌격했다.

기동포탑 포격의 확산 대미지에 의해 상당수의 바퀴가 죽었으나, 살아남은 몇몇 바퀴가 달라붙어서 때렸다.

—퍼어엉!

한두 기씩 박살 나는 기동포탑.

이신은 포격모드를 풀고 기동포탑들을 뒤로 물렀다.

그리고 대신 고속전차들을 침투시켰다.

—촤촤촤촤악!

그럴 줄 알았다는 듯이 대기하고 있던 촉수충들이 땅속에서 촉수로 긁는다.

바퀴 떼도 날렵하게 1시 안으로 들어서는 출입구를 블로킹!

이신은 재빨리 고속전차들을 다시 빼야 했다.

—러너의 멋진 수비!

—하지만 카이저도 계속 야금야금 기동포탑을 하나씩 전진시켜서 압박을 가하고 있습니다. 저 병력을 완전히 몰아내야 새 확장 기지가 안전해집니다.

—하지만 러너도 잘 수비하고 있는 가운데… 오! 카이저의 항공수송선이 3시에 출현! 1시 본진으로 조용히 올라가고 있습니다!

항공수송선은 보병과 의무병을 태우고 있었다.

기갑 체제로 완전히 전환을 이루었기 때문에, 불필요해진 병영 병력을 견제에 써먹어서 소모시키려는 것이었다.

하지만 항공수송선이 향하는 루트에는 폭탄충 2마리가 순찰을 돌고 있었다.

철벽 괴물 박영호에게 빈틈 따위 없는 것!

서로 맞닥뜨리자 폭탄충 2마리가 달려들었다.

이신은 그걸 봤음에도 항공수송선을 그대로 강행했다.

직각으로 방향을 꺾어서 폭탄충들을 따돌렸다.

계속 따라붙는 폭탄충을 뒤에 달고서, 항공수송선이 1시 본진에 도착.

도착하자마자 우선 보병 1명을 드롭했다.

—투타타타!

보병이 폭탄충을 향해 총을 쐈다.

항공수송선은 계속 이리저리 지그재그로 흔들며 폭탄충 2마리를 따돌렸다.

—오우! 나이스 플레이, 카이저!

—먼저 드롭한 보병이 폭탄충 1마리를 죽였습니다! 와, 항공수송선을 저렇게 움직여서 폭탄충들을 따돌리는 게 가능한 거였군요?!

항공수송선은 폭탄충보다 느리다.

그럼에도 이신은 계속 항공수송선을 흔들어 따돌리면서, 보병을 하나씩 계속 드롭했다.

결국 폭탄충 2마리는 목적을 달성하지 못한 채 모두 격추되었다.

비로소 항공수송선은 모든 병력을 드롭했다.

그리고 1시에서 일하고 있는 일벌레들을 향해 돌격하려는

찰나,

—키에엑!

—키엑! 켁!

한 무리의 바퀴 떼가 바람처럼 달려왔다.

두 갈래로 갈라진 바퀴 떼는 그대로 양방향에서 샌드위치처럼 보병 무리를 덮쳤다.

—으악!

—으아악!

보병들이 삽시간에 전멸.

관중들은 박영호의 신속한 디펜스 솜씨에 박수를 치려고 했다.

하지만 그럴 틈이 없었다.

항공수송선이 이번에는 근처에 있던 고속전차 4기를 싣고 다시 나타난 것이다.

빠른 고속전차들은 내려지자마자 바퀴들을 따돌리고 질주, 일벌레들을 습격했다.

—키에엑!

—키엑!

바퀴들이 다시 양방향에서 덮쳐서 진압할 때까지, 고속전차들은 총 5마리의 일벌레를 사살했다.

그걸로 끝이 아니었다.

항공수송선은 다시 고속전차 3기를 더 실어다 날랐다.

잠시 대피했던 일벌레들이 고속전차 3기에게 습격받았다.

"와아아아!!"

"카이저!"

"저게 카이저지!"

쉼 없는 폭풍 견제!

박영호의 철벽 디펜스에도 계속 이어지는 후속타로 끝내 타격을 입히는 집요함!

하지만 그럼에도 불구하고 박영호는 침착했다.

고속전차 상당수가 드롭 작전으로 소모된 틈을 노렸다.

─러너가 달려 나갑니다!

터널을 통해 1시 앞마당에 당도한 괴물 군단이 이신의 병력을 일제히 덮친 것이다!

호위해 주는 고속전차들이 많지 않았던 탓에, 1시 앞마당을 타격하던 이신의 병력이 박영호의 반격에 밀렸다.

─펑! 펑!

삽시간에 전장에 뿌려지는 흑안개들!

이신은 피해가 커지기 전에 병력을 퇴각시켰다.

그리고 추가 생산된 고속전차들과 합류하여서 이번에는 다시 박영호의 5시 본진으로 방향을 돌렸다.

─언제 물러났냐는 듯이 다시 5시로 진격합니다! 정말 쉬지 않고 줄기차게 공격을 퍼붓는 카이저도 대단합니다!

─다행히 러너는 방금 전투로 1시 앞마당을 무사히 지켜내

서 4광산을 확보했습니다. 이번 공격만 잘 막아내면 러너의
턴이 돌아옵니다!

—하지만 잘 막아낼 수 있을지?!

이윽고 옵서버가 박영호의 1시 본진의 상황을 보여주었다.

그 화면을 본 순간 관중들도 해설진도 감탄을 터뜨렸다.

—쐐기충?!

—러너! 이 타이밍에 쐐기충을 다시 생산했습니다!

그랬다.

박영호가 다시 쐐기충을 생산한 것이다.

—기갑 체제에 대한 카운터펀치죠! 기동포탑, 고속전차 위주
로 된 카이저의 주력 병력에 지대공 유닛이 없거든요!

—전술위성이 있긴 하지만 산개시켜서 싸우게 하면 방사능
에 맞아도 피해가 크지 않아요. 거기다가 아까 쐐기충의 공격
력을 업그레이드시켰었죠?

—그 일련의 플레이들이 모두 하나로 연결됩니다. 그때의
업그레이드가 여기까지 계산한 전략이었다면 정말 엄청난 선
수죠, 러너!

5시를 향해 진격해오는 이신의 기갑 병력.

새로이 생산된 박영호의 쐐기충 편대가 구석에 숨은 채, 잠
자코 때를 기다렸다.

5시에 이신이 접근한순간 쐐기충이 활약해서 모두 격파한
다.

그리고 병력의 공백이 생긴 틈을 타 역습을 가해 쳐부순다.

박영호의 머릿속에 승리의 시나리오가 그려지고 있었다.

마침내 이신이 5시 앞마당에 당도했다.

기동포탑이 일제히 포격모드로 변신.

고속전차들은 전방과 후방에 지뢰를 매설해 적의 접근을 막았다.

—포진은 완벽합니다! 한순간에 저렇게 완벽한 진형을 짠 건 역시 카이저다운 솜씨죠.

—하지만 러너가 쐐기충을 준비했다는 걸 모르면 안 되는 데요?

—여기서 2세트의 승패가 갈립니다! 1—1이 될 것이냐 2—0이 될 것이냐?!

—퍼퍼퍼퍼퍼펑!

굉음과 함께 포격이 시작되었다.

그리고 그것이 신호탄이라도 된 듯, 박영호의 쐐기충 편대가 쇄도했다.

많은 자원을 투자해서 생산한 쐐기충 편대!

이 작전이 실패하면 투자했던 자원과 시간이 전부 패착(敗着)이 되어버린다.

박영호로서는 회심의 승부수였다.

—쐐애액!

쐐기충 편대가 춤을 추었다.

—퍼어엉!

기동포탑 1기가 일제히 쏘아지는 쐐기에 얻어맞고 폭발했다.

—퍼엉!

2기째.

—쐐애액!

—퍼어엉!

3기째!

—파아앗!

전술위성들이 다가와 일제히 방사능을 마구 살포했다.

박영호는 정확하게 방사능을 뒤집어 쓴 쐐기충들을 족집게처럼 골라서 빼냈다.

이윽고 괴물 군단도 일제히 진격했다.

흑안개가 사방에 뿌려진다.

달려오는 바퀴 떼가 지뢰에 의해 폭사당한다.

하지만 끝없이 밀려온다. 죽어도 죽어도 끝없는 게 값싼 바퀴 떼의 장점이었다.

이신은 전 병력을 이끌고 퇴각시켰다.

쐐기충들이 계속 쫓아와 기동포탑을 하나씩 줄여나갔다.

속수무책.

도망치고 심기일전하는 것밖에 이신에게는 길이 없어 보였다.

모두의 눈에는 그렇게 보였다.

그런데…….

이변이 벌어졌다.

그것은 하늘 저편에서 나타난 로켓 프리깃.

공중전의 왕자라 불리는 로켓 프리깃이 5기나 되었다.

—저게 뭡니까?!

—쐐기충을 보고 당황해서 바로 뽑은 거였으면 5기나 나올 리가 없겠죠?! 저건……!

—미리 준비해 뒀던 겁니다. 러너가 쐐기충을 다시 쓸 거라고 생각하고서 미리부터 로켓 프리깃을 모아둔 거예요!

그것은 이신이 준비한 일대의 반전이었다.

박영호가 역 쐐기충 전략을 꺼내들기만을 기다리고 있었다. 쐐기충의 공격력을 업그레이드시킨 걸 봤을 때부터 말이다.

공격력 업그레이드까지 시켰는데, 또다시 써먹고 싶지 않을까?

게다가 이번 대회에서 박영호가 가장 자신 있어 한 것이 쐐기충 컨트롤이었는데 말이다.

로켓 프리깃 편대가 쐐기충에게 로켓 미사일을 발사했다.

범위 공격을 하는 로켓 프리깃은 다수의 쐐기충들을 한꺼번에 탈탈 털었다.

박영호의 얼굴에 낭패의 기색이 띠었다.

완전히 당했다.

이건 전략적인 수를 완전히 읽히고 카운터를 맞았다.

지난 1세트에서 준비했던 여왕괴물이 스텔스 전투기라는 카운터에 당했던 것처럼 말이다.

쐐기충들이 몰살당했다.

로켓 프리깃 편대는 계속해서 박영호의 본진을 헤집고 다녔다.

주변에 떠 있던 하늘군주들이 로켓 프리깃 편대의 눈에 띌 때마다 삽시간에 녹아버렸다.

전세는 완전히 기울었다.

재정비가 끝난 이신의 기갑 군단이 다시 진격했다.

상당 자원을 쐐기충을 준비하는 데 소모했던 박영호는 괴물주술사와 바퀴 떼로 맞서야 했는데, 막아내기가 쉽지 않았다.

공중에서 활개치는 로켓 프리깃이 더 큰 문제였다.

폭탄충들을 뽑아서 격추시키려 했지만, 이신은 컨트롤로 폭탄충을 피하는 플레이에 도가 튼 사람이었다.

로켓 프리깃 편대가 도망치면서 터닝 샷을 날려 쫓아오는 폭탄충들을 격추시킨다.

사거리도 굉장히 긴 로켓 미사일이라 폭탄충들이 우수수 추풍낙엽이었다.

―아, 카이저의 화려한 컨트롤!

—저 사람이 컨트롤하는 비행 유닛은 폭탄충으로 도저히 격추시킬 수가 없습니다!

모든 괴물 플레이어들이 보면 피눈물을 흘릴 광경이었다.

하늘군주가 눈에 띌 때마다 그대로 녹아버렸다.

공중은 로켓 프리깃에 의해 완전히 소탕되었다.

결국 도리가 없었다.

—Runner: GG.

관중들이 일어나 박수를 쳤다. 너무도 멋진 게임이었다는 뜻이었다.

두 사람 다 조금도 쉬지 않고 서로를 물어뜯고 싸웠으며, 승리를 위한 치밀한 노림수가 있었다.

피차 대등했던 컨트롤, 멀티태스킹, 판단력.

다만 수 싸움에서 이신이 한 수 위였을 뿐이었다.

상대의 속내를 읽는 이신의 심리전은 괴물이라 불리기에 충분했다.

2—0.

금메달이 목전이었다.

모두들 이신이 무난하게 금메달을 챙길 거라고 생각했다.

곧 발생할 엄청난 돌발 사태를 모른 채.

    *   *   *

"와, 아까 봤어? 싸울 때 폭탄충을 반시계 방향으로 돌려서 전술위성 격추시킨 거!"

"봤어."

호들갑을 떠는 리우.

지우펑은 과묵한 어투로 답했다.

"하늘의 별을 따는 것보다 힘들다는 카이저의 전술위성 격추를 저렇게 잘하는 괴물 플레이어는 처음 봤어. 저렇게 잘했는데도 지다니, 대체 카이저는 사람이 맞나?"

같은 괴물 플레이어로서 리우는 러너의 플레이가 존경스러웠고, 그럼에도 끝내 심리전에서 승리한 카이저가 두려웠다.

"진법(陣法)."

지우펑이 나직이 말했다.

"진법이라고?"

"언제나 완벽하게 진을 펼친다. 아무리 짧은 순간이라도 숨쉬는 것처럼 자연스럽게, 본능적으로 병력을 완벽하게 포진(布陣)시켜."

"하지만 전투를 잘 살펴보면 러너도 잘 싸웠어. 한 번도 잘못 싸워서 낭패를 당하지 않았다고."

리우의 말이 옳았다.

이 세상에 카이저를 상대로 저렇게까지 대등하게 전투를 벌여 치열하게 치고받을 수 있는 괴물 플레이어는 없었다.

러너는 도리어 난전 능력에서는 카이저보다 우위를 차지하기까지 했다.

저럴 수 있는 건 오직 러너뿐이었다.

"똑같이 진형이 완벽하면 인류가 우세하지."

"아, 그건 그렇지."

리우는 지우펑의 말을 인정했다.

인류는 강력한 한 방.

괴물은 대량 생산한 병력을 끊임없이 투입하는 소모전이다.

즉, 둘이 똑같이 잘 싸우면 첫 전투의 손익이야 비슷해도 결국 인류의 승리.

계속 괴물의 추가 병력이 올 테지만, 그전에 보다 유리한 위치로 이동해서 완벽하게 포진을 할 여유가 생긴다.

그럼 두 번째 전투부터는 괴물이 인류보다 지형이나 진형에서 조금씩 불리해질 수밖에 없는 것이다.

심지어 전투를 치를 때마다 병력 교환을 잘해내지 못하면, 어느새 인류의 병력이 지척까지 당도하여 기동포탑이 포격 모드로 자리 잡아 버린다.

괴물은 그런 중압감과 싸워야 하는 것이다.

심지어 카이저는 지우펑의 말마따나 진법의 마스터였다.

몇 초의 짧은 순간에도 빠르게 컨트롤해 완벽한 포진을 만들고 전투에 임한다.

그러니 러너가 받았을 압박감이 오죽했겠는가?

상대는 매 전투마다 한 번도 실수로 싸운 적이 없는데.

"1세트의 여왕괴물, 2세트의 쐐기충. 공통점이 뭔지 알아?"

"음, 비행 유닛?"

"그래."

"아……."

그제야 리우는 카이저가 거둔 2승의 비결을 깨달았다.

완벽한 포진을 이루는 카이저의 병력을 상대하자면 당연히 버거워진다.

자연스럽게도 지상전이 아닌, 비행 유닛으로 타개책을 찾고 싶어지게 마련이었다.

특히나 러너는 폭탄충, 쐐기충, 여왕괴물 등 비행 유닛을 잘 다루니 말이다.

"그래서 스텔스 전투기와 로켓 프리깃으로 계속 카운터를 칠 수 있었구나."

리우는 더더욱 오싹해졌다.

굉장히 똑똑하지 않은가!

그렇게 상대의 심리를 읽고 움직였다는 게.

"차라리 계속 지상전으로 힘 싸움을 해야 했다. 힘들어도 러너는 그걸 해낼 수 있는 역량이 없지 않았어."

지극히 공격적인 카이저를 상대로, 난전으로 맞불 놓겠다는 발상은 아무나 할 수 있는 게 아니었다.

그렇게 정면으로 들이받을 파워가 있는 러너였다면, 지상전 난전도 가능했다.

성공하면 효율이 높으나 그만큼 리스크도 큰 비행 유닛에 서 해답을 찾아서는 안 되는 거였다.

"2세트에서 스코어는 2 대 0. 끝났군. 금메달은 카이저 거 야."

지우펑은 아무런 감흥도 없다는 듯이 결론 내려 버렸다.

하지만 그의 눈빛은 애증을 담아 대형화면에 비치는 카이 저의 플레이를 바라보고 있었다.

2세트 종료 후 15분의 휴식 시간이 주어진 상황.

대형화면은 2세트의 하이라이트 장면을 휴식 시간 동안 지 루해할 관객들에게 보여주고 있었다.

해설진도 그 장면을 보며 계속 분석과 평가를 내리는 모습 이었다.

"계속 저렇게 카운터를 당했으니 비행 유닛을 또 사용하기 는 어렵겠어."

리우가 중얼거렸다.

지우펑이 고개를 끄덕였다.

"거기에 스코어도 궁지로 몰렸으니까 더욱 선택의 폭에 제 약이 걸렸다. 멘탈도 더욱 흔들리고 있겠지."

카이저는 이미 거의 다 이겨 놓은 상태였다.

다전제의 마술사라 불리는 솜씨가 그대로 발휘된 것이라
할 수 있었다.

                    *   *   *

  "난 선생님이 3세트에서 뭘 하실지 알 것 같은데."
  차이가 말했다.
  "뭔데?"
  존이 물었다.
  차이는 어린 나이에도 불구하고 전략적 식견이 대단해서
올도어SCC의 전략팀을 상대로도 자신의 의견을 곧잘 어필하
곤 했다.
  때문에 이신의 다른 제자들도 차이의 조언에 귀를 기울이
는 편이었다.
  "2항공 스텔스 전투기."
  "2항공을?"
  놀란 존에게 차이가 말했다.
  "지금 상대는 멘탈이 크게 약해진 상태야."
  "그야 그렇지. 5판 3선에서 이제 2세트인데 2대 0이니까."
  존이 고개를 끄덕였다.
  차이가 계속 말했다.
  "그보다 자신이 준비했던 전략이 전부 읽히고 카운터를 당

했잖아. 자신의 생각을 전부 상대가 알고 있다는 기분은 정말 고통스럽지."

"그래서 스텔스 전투기로 바스라지기 일보직전의 멘탈을 더 흔든다는 거구나?"

주디가 물었다.

차이는 웃으며 고개를 끄덕였다.

"그래야 선생님답지 않아?"

가만히 듣던 장양도 그 말에 고개를 끄덕였다.

괴물 플레이어인 장양은 요번에 이신의 연습을 수없이 도와주었기 때문에 더욱 잘 알았다.

스텔스 전투기의 견제를 당하는 괴물의 심정은 정말 짜증난다.

종이비행기처럼 체력이 약한 주제에, 뿅뿅 빔을 쏴서 일벌레를 죽이고 잽싸게 달아난다.

심지어 스텔스 모드가 개발되면 모습을 감추기까지 하니 더욱 상대하기 번거로웠다.

지금 멘탈에 상처 입고 궁지에 몰린 박영호에게 그런 전략은 치명적이었다.

"하지만 박영호 선수도 그렇게 쉽게 무너질 것 같지는 않아."

존이 말했다.

차이도 고개를 끄덕였다.

"그야 그렇지. 궁지에 몰렸다고 쉽게 무너졌으면 철벽괴물이라는 별명도 얻지 못했을 테니까."

차이의 예견대로 된다면 3세트는 창과 방패의 대결이 될 게 분명했다.

계속 귀찮게 만들며 멘탈을 흔드는 이신의 견제를 박영호가 얼마나 침착하게 잘 대처하느냐의 문제였다.

이윽고 휴식 시간이 끝나고 대형화면에 선수가 비춰졌다.

박영호였다.

박영호가 선수 대기실을 나와 무대로 향하는 모습이 화면에 잡힌 것이다.

"오오오오오!"

"러너! 러너! 러너!"

한 번만 더 지면 패배하는 상황.

궁지에 몰린 박영호는 매우 비장한 표정이었다.

이글거리는 눈빛이 대형화면을 똑바로 응시하자 관중들은 잘 싸우라며 응원의 목소리를 보냈다.

박영호가 좀 더 분투를 해서 멋진 승부가 되었으면 하는 바람이었다.

무대에 등장한 박영호에게 관중의 환호가 쏟아졌다.

박영호는 부스 안에 들어가 이어폰과 차음 헤드셋을 착용했다.

그리고 뒤를 이어 이신이 선수 대기실에 나오는 모습이 잡했다.

아무런 감정의 기복도 보이지 않는 평온한 모습.

긴장도, 비장한 각오도 없는 편안한 표정에서 이런 자리를 수없이 경험했던 강자의 여유가 보였다.

"선생님……."

대형화면에 한가득 클로즈업된 이신을 바라보며, 주디는 두 손을 모았다.

역시나 그의 가장 멋진 모습은 바로 지금 이 순간, 화려한 무대로 오를 때였다.

                    *   *   *

'뭘 해야 할지 고민되는데.'

계속 따라붙는 카메라를 응시하면서, 이신은 속으로 생각했다.

선택지가 너무 많아서 탈이었다.

그냥 지난 2세트와 똑같이 정석적인 운영을 해도 된다.

2항공 스텔스 전투기 빌드도 구미가 당겼다.

박영호가 정신적으로 동요하고 있을 때 스텔스 전투기로 지속적인 게릴라를 펼쳐 괴롭혀 주면 효과가 있을 것 같았다.

'치즈 러시로 끝내 버릴까?'

센터 2병영 같은 극단적인 올인성 치즈 러시라면 승산이 반반이었다.

박영호가 이걸 대비했다면 막히고, 대비 못 했으면 무조건 이긴다.

하지만 너무 뻔하다는 생각이 들었다.

스코어 2—0.

이런 유리한 상황이라면, 초반에 끝내는 도박성 전략을 한 번쯤 시도해 봄직한 상황이었기 때문이다.

박영호도 이 점을 숙지하고 대비하고 있을 확률이 높았다.

'난 아직 이번 그랑프리에서 한 번도 치즈 러시를 하지 않았다. 이걸 영호도 아마 염두에 두고 있을 거야.'

이신은 박영호를 알았다.

승부 근성이 대단하고 포기를 모른다.

지금 이 순간에도 포기하지 않고 역전할 궁리를 하고 있을 터.

0승 2패의 상황에서 역전하기 가장 좋은 방법은, 바로 유리하다고 3세트에서 치즈 러시를 시도한 상대의 수를 막아버리고 2—1로 흐름을 바꿔놓는 것이었다.

치즈 러시는 도박인 만큼 막히면 시도한 사람이 거의 맥없이 패배한다.

그럼 1패를 그냥 공짜로 상대에게 내준 셈이 된다.

2—0이면 막막하지만 손쉽게 2—1로 따라붙은 상황이라면

충분히 역전을 노리기에 좋은 분위기인 것이다.

하지만 이 문제로 박영호도 더 고민이 많을 터였다.

9일벌레 수정관 빌드를 쓰면, 바퀴가 빨리 생산되므로 상대의 치즈 러시를 막을 수 있다.

하지만 이신이 치즈 러시를 시도하지 않는다면?

그렇게 되면 어쩔 수 없이 박영호는 그대로 가난한 채 출발하게 되는 것이다.

가뜩이나 괴물은 인류를 이기기 위해서는 어떻게든 자원 확보가 관건이었다.

그런데 하물며 가난하게 출발한다?

그건 일찍 뽑은 바퀴 6마리로 무언가 이득을 보지 않는 이상 불리한 출발일 수밖에 없었다.

2-0으로 지고 있는 입장에서 3세트마저 불리한 채로 출발하고 싶을까?

그런 비애가 있는 탓에 박영호의 고민은 이신보다 훨씬 심각한 것이었다.

이것이 스코어를 리드하고 있는 입장의 강점이었다.

이신은 이 점을 이용한 심리전에 매우 능했다.

잠시 고민해 본 이신은 결정을 내렸다.

'스텔스 전투기로 가야겠군.'

치즈 러시는 오히려 박영호의 집중력을 높여주는 효과를 발휘한다.

한 번의 공격만 잘 막으면 되는 매우 심플한 상황이기 때문에, 궁지에 몰린 박영호의 멘탈을 흔드는 효과가 전혀 없었다.

차라리 스텔스 전투기로 끈질기게 괴롭히는 편이 좋았다.

'오늘 비행 유닛을 써서 계속 지기만 했기 때문에 쐐기충을 사용 못 할 거야.'

평소 같았으면 2항공 스텔스 전투기를 상대로 쐐기충을 뽑아서 공중전에 맞불을 놓기도 하는 패기만만한 박영호였다.

실제로 이번 그랑프리에서 주목받았던 인도의 천재 니노도 공중전을 벌였다가 박영호에게 탈탈 털리고 말았다.

하지만 지금은 1, 2세트 모두 비행 유닛을 뽑은 탓에 패배하고 2─0이 되어버렸다.

이런 심리적인 요인을 극복하고서 다시 쐐기충으로 스텔스 전투기에 대항한 공중전을 벌일 생각은 아마 못할 터.

'영호가 수비적인 입장이 된다면 내 생각대로 되는 것이지.'

철통 수비를 하는 괴물.

그리고 스텔스 전투기로 계속 견제를 시도하는 이신.

이건 뻔한 공식이었다.

결국 이신의 끈질긴 괴롭힘에 못 이겨 무너지고 마는 괴물 말이다.

'좀 더 분발해 봐, 박영호. 이러면 내가 금메달 가져간다?'

이신은 카메라를 향해 미소를 지어 보였다.

그런데 그때였다.

파아앗!

돌연 눈앞에서 시공이 뒤틀리며 블랙홀 같은 검은 기운이 일렁거렸다.

'……?!'

블랙홀에 빨려 들어가자 이윽고 익숙한 풍경이 나타났다.

화려한 궁전의 1층 홀.

눈앞에는 두 존재가 보였다.

굳이 '존재'라 표현한 이유는 그중 하나는 어딜 봐도 사람이 아니었기 때문이다.

거대한 개의 형상에 등에는 새의 날개를 달았으며, 발 또한 날카로운 새의 발톱이 흉악스럽게 돋아 있었다.

그리고 그 옆의 인물은 백인 사내였다.

이신과 비슷한 키의 사내인데 몸집은 더 크고 건장했다.

어딜 봐도 악마군주와 계약자였다.

그리고 이신의 옆에는 권좌에 앉아 있는 그레모리가 보였다.

그레모리는 난처한 얼굴이 되었다.

이신은 상황을 파악할 수 있었다.

"도전을 받았군요."

"네, 당분간은 쉴 시간을 드리고 싶었는데, 죄송해요."

"어쩔 수 없지요."

72악마군주의 축제를 통해 서열 23위로 껑충 뛰어올랐던 그레모리였다.

축제에서 이신은 누구보다도 돋보이는 활약을 떨친 바 있었다.

이신이 대단한 실력자라 신참 계약자라고 얕볼 수 없다는 것을 충분히 증명했기 때문에 당분간은 도전이 없을 줄 알았다.

'정말 곤란하군.'

박영호와 결승전을 치르던 도중이었다.

2세트까지 치렀고 2—0으로 승리가 목전이지만, 그래도 끝까지 방심해서는 안 되는 상대였다.

그런데 그 중간에 이렇게 마계로 불려와 서열전을 치르게 된 것이었다.

그것도 아무런 준비도 없이 갑작스럽게.

'하는 수 없나.'

이왕 도전을 받게 되었으니 빨리 끝내 버리고 현실 세계로 돌아가기로 결심했다.

도전받는 입장이라 전장을 선택할 권리도 이쪽에 있다.

별다른 준비 없이도 익숙한 전장에서 원하는 전략을 펼칠 수 있는 주도권이 있었다.

"상대에 대해 알고 싶습니다."

"일단 저들은 악마군주……."

그레모리가 뭐라고 요약 설명을 하려 할 때였다.

돌연 날개 달린 개의 형상을 띤 악마군주가 말했다.

─내가 직접 인사를 하지. 나는 서열 24위의 위대한 악마군주 글라샬라볼라스(Glashalabolas)다. 그리고 이쪽은 나의 계약자 리처드지.

"반갑군, 동방 출신의 계약자여."

리처드라 소개된 사내가 정중하게 인사를 건넨다.

"리처드?"

이신이 물었다.

리처드는 고개를 끄덕였다.

"잉글랜드의 리처드란 바로 나를 일컫는 말이다."

잉글랜드에 리처드라는 왕은 한둘이 아니었다.

하지만 저렇게 당당하게 소개하며, 악마군주의 계약자로 발탁될 만한 인물은 한 사람밖에 생각나지 않았다.

"사자심왕(Lionheart)?"

"그렇게 불렸지."

이신이 알아보자 리처드는 만족스러운 미소를 지었다.

'하필이면.'

이신의 안색이 어두워졌다.

사자심왕 리처드 1세.

그는 십자군 전쟁에서 이슬람의 영웅 살라딘에 맞서 활약한 전설적인 군주였다.

그런 명성 때문에 압도되어서 이신이 낭패라고 생각한 게 아니었다.

나폴레옹, 알렉산드로스 등등 그보다 더 대단한 위인도 한두 번 본 게 아니니까.

다만 리처드 1세는 이신이 가장 까다로워하는 유형의 계약자였다.

쉽게 표현하자면, 동양에 항우가 있다면 서양에는 리처드 1세가 있다면 보면 된다.

수만 명이 얽힌 전장에서 혼자의 용맹으로 전세를 역전시킬 수 있었을 정도였다면 설명이 될까?

한마디로 인간의 수준을 벗어난 맹장인 것!

'저런 타입이 깜짝 전략을 들고 나오면 곤란해지는데.'

그런데 아마도 필히 리처드 1세는 회심의 전략을 준비했음이 틀림없었다.

그러지 않고서야 72악마군주의 축제를 통해 위명을 떨친 이신에게 도전하는 위험을 무릅썼을까?

리처드 1세는 십자군 전쟁 때도 보급에 신경 쓰는 등 성품과 다르게 의외로 신중한 모습을 보였었다.

"훌륭한 아들도 아니었고, 훌륭한 남편도 아니었으며, 훌륭한 왕도 아니었으나, 용감하고 빛나는 군인이었다."

영국의 역자학자 스티브 런치만이 평한 말이었다.

다른 모든 게 엉터리였지만, 오직 전쟁에 대해서는 리처드 1세의 능력을 의심할 여지가 없었다.

"종족이 뭡니까?"

이신이 물었다.

그레모리가 답하려 했을 때, 리처드 1세가 먼저 말했다.

"오크다."

'그럴 것 같았다.'

살아생전에 용맹으로 유명했던 계약자들은 주로 종족 선택을 오크로 하는 경향이 강했다.

병력 하나하나가 강력하면서 용맹을 효과적으로 발휘할 수 있는 종족이었기 때문.

'조아생 뮈라처럼 오크노예 사도에 빙의해서 정찰 단계에서 싸움을 거는 수법이라도 쓰면 곤란하겠군.'

이신이 당한 유일한 1패는 조아생 뮈라의 그 같은 기행적인 전략이었다.

리처드 1세도 비슷한 전략을 준비했다면 이신으로서는 단단히 각오를 해야 했다.

파앗!

"이제 전장을 고르고 배팅할 마력량을 정해야 해요."

그레모리는 마력으로 막을 둘러 악마군주 글라샬라볼라스와 리처드 1세가 대화를 듣지 못하게 차단하며 말했다.

이신은 잠시 생각하다가 입을 열었다.

"전장은 제3 전장 리벤이 좋겠습니다."

"이유가 있나요?"

"저들이 왜 굳이 우리에게 도전한 것인지 생각해 보았습니다."

"그야 바로 위 서열이 우리니까 그렇죠."

그레모리는 눈을 동그랗게 뜨며 말했다.

단순한 대답을 하는 그 모습이 푼수 같고 귀여웠지만, 이신은 고개를 저었다.

"짧은 시간에 가파르게 서열이 상승한 우리의 행보를 보면, 조금만 기다려도 보다 위로 올라갈 거란 걸 누구나 예상할 수 있습니다."

"그야 그런데… 아! 조금 기다렸다가 더 만만한 계약자와 붙어도 될 텐데, 하필 축제에서 엄청난 활약을 한 카이저에게 도전한 건 확실히 이상하네요?"

"예. 그렇다면 이 인근 서열의 다른 계약자들이 저보다 더 두려운 것일까 생각해 보았는데, 그렇지는 않은 것 같습니다. 최상위 서열에 있는 계약자가 아니면 제 적수가 그다지 없어 보였으니까요."

뻔뻔스럽게 자화자찬을 하는 이신.

하지만 그것이 객관적으로 내린 결론이란 게 이신다웠다.

그레모리는 미소를 지었다.

"맞아요. 악마군주 아가레스님조차도 카이저를 인정했으니까요."

그레모리는 그저 이신에 대한 칭찬 일색! 이신의 말이면 뭐든 철썩같이 믿을 태세였다.

이신이 계속 말했다.

"그렇다면 답은 하나입니다."

"그게 뭐죠?"

"제가 고르는 종족이 휴먼이라는 것."

"아……!"

"리처드 1세는 아마 문득 어떤 영감을 얻어서 기발한 전략을 구상했을 겁니다. 그 전략은 초반부터 공격적으로 밀어붙이는 성격이라, 가장 잘 통할 상대 종족은 휴먼이었을 테지요."

상세한 분석에 그레모리가 감탄하는 가운데, 이신의 설명이 계속되었다.

"그렇다면 겁쟁이는커녕 패기 있는 성격인 리처드 1세는 호승심이 들었을 겁니다. 축제를 통해 실력을 인정받은 제가 상대라 해도, 이 전략이라면 이길 수 있지 않을까 하고요."

이신이 계속 말했다.

"그래서 고른 전장이 제3 전장 리벤입니다. 본진 출입구가 좁아서 초반 방어에 용이한 전장이라, 리처드 1세 같은 맹장을 상대로 효과적입니다."

"그 짧은 순간에 거기까지 생각을 하셨군요. 역시 대단하세요. 그럼 마력을 얼마나 배팅할까요?"

"그게 문제입니다만, 혹시 양측의 마력 차가 어느 정도입니까?"

"제 마력 총량이 145만 9천, 글라샬라볼라스는 139만 8천으로 매우 근소한 차이에요."

백만이 넘는 마력을 지닌 상위권에서 6만밖에 차이가 안 난다는 것은 매우 근소한 것이었다.

이신은 가만히 계산을 해보았다. 그리고 말했다.

"3만으로 가죠."

이신의 말에 그레모리는 두 눈이 휘둥그레졌다.

"왜 하필 3만이죠? 그건 우리가 졌을 시 아슬아슬하게 서열이 뒤바뀌는 위치인데요."

패하면 3만 마력.

그리고 리처드 1세가 소원으로 그레모리에게 마력을 요구하면, 1%의 마력을 내줘야 한다.

그럼 아슬아슬한 격차로 양측의 서열이 뒤바뀌게 되는 것이다.

"저쪽은 카이저의 말마따나 특별한 전략을 준비했을 테고, 반면에 카이저는 아무 준비 없이 갑자기 불려왔죠. 우리가 패할 위험을 감수한 배팅이라면, 좀 더 신중하게 생각해서 보다 적게 배팅을 하는 게 어떨까요?"

그레모리로서는 의아할 수밖에 없었다.

이신이 자신이 있었다면 무조건 최대치 5만 마력을 불렀을 것이다. 빨리 최상위로 가고 싶어 하니 말이다.

그런 그가 3만을 이야기했다면 패배했을 시의 리스크를 감안해서 좀 더 줄여서 배팅했다는 뜻.

그런데 왜 하필 서열이 바뀌게 되는 수치일까?

2만 8천 정도만 배팅해도 서열은 지킬 수 있는데 말이다.

"패배의 위험을 감수한 선택입니다."

"카이저의 생각을 듣고 싶네요."

이신은 나직이 한숨을 쉬며 말했다.

"이건 제 개인적으로 부탁을 드리는 겁니다."

"카이저의 부탁이요?"

"만일 제가 패했을 때, 2만 8천 마력만 배팅했다면 졌다 해도 서열은 여전히 우리가 더 높은 상태로 유지할 수 있습니다."

"그렇겠죠."

"그러면 여전히 마력 배팅도, 전장을 고르는 권한도 우리에게 있어 유리해 보일지도 모르지만, 그건 저쪽이 도전을 계속할 때의 일입니다."

"아, 한 번 이겨서 마력을 얻을 걸로 만족하고 그냥 물러날 수도 있겠군요?"

준비했던 회심의 전략이 성공을 거두었다.

그렇다면 리처드 1세는 그걸로 만족하고 웃으며 물러날 수 있었다.

악마군주 글라샬라볼라스도 엄청난 상승세를 뽐낸 그레모리 측과 계속 2차전을 벌이고 싶지는 않을 테고 말이다.

한마디로 준비한 전략으로 그레모리에게서 마력을 한 번 뽑아낸 다음 빠지겠다는 생각을 할 수 있는 것이었다.

상승세의 그레모리에게 일격을 선사했다는 업적을 쌓았으니, 다른 악마군주로 하여금 두려움을 줄 수도 있고 말이다.

"하지만 서열이 바뀌어서 이쪽이 도전하는 입장이 된다면, 저들은 도전을 피할 수 없습니다."

그레모리는 한참을 생각하다가 이윽고 무언가가 생각났는지 눈웃음을 지었다.

"카이저가 무엇을 걱정하는지 알았어요."

"……."

"패배했을 때 카이저가 갖는 리스크 때문이죠?"

"그래서 부탁드린다고 하는 겁니다."

그랬다.

만약에 패배를 하게 되면, 다음 서열전에서 승리할 때까지 이신은 패배의 대가를 치른다.

그 대가란 바로 멈춰졌던 현실 세계의 시간이 흐르는 것.

즉, 현실 세계에서 이신의 몸은 잠든 상태로 있게 되는 것이다.

결승전 도중에 정신을 잃고 쓰러졌다?

아주 큰 난리가 날 것이다.

뿐만 아니라 승리를 코앞에 두고 기권 패로 처리되어서 금메달을 놓친다.

하지만 곧바로 다시 도전해서 승리를 따낸다면, 현실 세계에서 이신이 정신을 잃은 시간은 불과 몇 분 정도밖에 안 된다.

그 정도면 그냥 단순한 해프닝으로 처리할 수 있었다.

"많이 바쁘신가 봐요?"

"중요한 일을 하고 있었습니다."

그레모리는 웃으며 고개를 끄덕였다.

"부탁이라고 말씀하지 않으셔도, 제가 어떻게 카이저의 제안에 따르지 않겠어요? 할게요, 3만 마력으로."

이윽고 그레모리는 글라샬라볼라스에게 전장과 3만 마력 배팅을 통보했다.

그들은 쾌히 이를 받아들였고, 그렇게 서열전이 결정되었다.

이신으로서는 갑작스럽게 치르게 된 서열전이라 많이 부담스러웠다.

'높은 서열에 올라갈수록 이런 일이 자주 벌어질 것이다.'

이신은 나름대로 각오를 했다.

겨우 이런 일로 당황할 생각은 없었다.

첫 싸움에서 패배하더라도 리처드 1세가 준비한 전략과 그 대응책을 파악하는 데 주력하기로 했지만, 그렇다고 지고 싶은 생각도 없었다.

어디까지나 가장 좋은 시나리오는 가볍게 이겨 버리고 돌아가 결승전을 마저 치르는 것이었다.

제2장
사자심왕

양측은 제3 전장 리벤으로 이동했다.

이신은 다시 한 번 리처드 1세를 바라보았다.

리처드 1세는 사실 통치자로서 좋은 구석은 하나도 없었다.

전쟁을 위해 무거운 세금을 부과해 백성을 괴롭혔고, 참다 못해 벌어진 민란을 진압하기도 했다.

아들로서는 어머니와 손잡고 아버지에게서 왕위를 찬탈한 인물이기도 했다.

그 뒤로도 전장을 전전했기에 왕으로서 통치라는 것 자체를 하지 않았다.

하지만 오늘날에 그 이름이 빛나는 이유는 오직 하나였다.

사자심왕!

기독교와 이슬람의 거대한 충돌이었던 십자군 전쟁에서 그의 위명은 빼놓을 수가 없었다.

이슬람 세계에 살라딘이라는 불세출의 영웅이 탄생하여 반격을 개시했을 때, 기독교 세계에서 등장한 맞수가 바로 리처드 1세.

리처드 1세는 상식을 초월한 용맹함으로 십자군을 이끌어, 살라딘마저도 자신의 라이벌이자 영웅으로 그를 인정할 정도였다.

"저게 바로 사탄이 아니더냐?"

전장 한복판에서 인간의 한계를 넘어선 활약을 떨치는 리처드 1세를 보며 살라딘이 건넨 씁쓸한 농담이었다.

뿐만 아니라 리처드 1세가 말을 잃고서 병사들과 함께 어깨를 맞대고 싸울 때, 살라딘은 친히 부하를 시켜 명마를 선물할 정도였다.

당시에 기사가 말에서 내려서 싸운다는 것은 수치스러운 일이었고, 아무리 적이라도 자신의 라이벌이 그런 수치를 감당하게 할 수는 없다는 살라딘의 호의였다.

또 다른 일화도 있다.

동생 존 왕이 배신했을 때, 이를 도왔던 신성로마제국의 필리프 2세는 리처드 1세가 돌아온다는 소식을 듣고는 존 왕에게 편지를 보냈다.

'악마가 돌아왔소.'

그러고는 절대 더 얽히고 싶지 않다는 듯 존 왕을 외면했다.

공포에 질린 존 왕은 리처드 1세에게 용서를 빌었고, 어머니의 중재도 있어서 리처드 1세를 동생을 용서했다.

그 정도로 리처드 1세는 전쟁터에서 빛나는 영웅이었다.

'그리고 보급선을 중시 여긴 것으로 보면 막무가내로 싸우는 지휘관도 아니다.'

그 보급 때문에 자국 백성들이 죽어났다는 것은 지금 따질 문제가 아니었다.

한편, 리처드 1세도 나름대로 신중하게 이신을 관찰하고 있었다.

"군인으로 보이지는 않는데. 손이나 체격이나 싸움과는 거리가 멀어."

"맞습니다."

이신은 순순히 인정했다.

무기를 든 경험이라고는 군복무 시절에 사격 훈련을 한 것 외엔 없었다.

"하지만 난 그대 같은 인물을 잘 안다. 무기보다 더 치명적인 간교한 지혜를 발휘하는 유형이지."

이신은 나직이 미소 지었다.

"그것도 맞습니다."

상대를 고통으로 몰아넣는 플레이.

정면 대결보다는 견제 플레이와 심리전으로 적을 파멸로 몰아넣기를 즐긴다.

그걸 간교한 지혜라 한다면 나름대로 옳은 표현이라고 볼 수 있었다.

"72악마군주의 축제에서도 누구보다도 뛰어난 활약을 했다고 들었다. 무엇보다도 알렉산드로스가 이끄는 그 강한 팀을 상대로도 말이지. 난 그 점에 있어 오히려 그대에게 경의를 표한다."

"축제에서 알렉산드로스와 싸워보셨습니까?"

"그랬지. 정말 강하더군. 차라리 일대일이 낫겠다 싶을 정도였어."

확실히 축제에서 보여준 알렉산드로스의 포스는 대단했다.

그렇기 때문에 그런 알렉산드로스를 꺾은 나폴레옹 팀이 더 부각된 것이지만 말이다.

문득 궁금증이 일었다.

항우와 붙어봤을까 하는 유치한 궁금증이었다.

하지만 중요한 문제가 아니라 굳이 묻지는 않았다.

이윽고 서열전이 시작되었다.

[악마군주 그레모리님과 악마군주 글라샬라볼라스님의 서열전입니다. 전쟁의 승패가 서열과 마력에 영향을 줍니다. 마

력은 6만이 배팅됩니다.]

[마력 6만이 마력석이 되어 전장에 유포됩니다.]

[종족을 선택해 주십시오.]

"휴먼."

"오크."

이신과 리처드 1세가 동시에 대답했다.

리처드 1세는 이신을 보며 씨익 웃었다.

"그럼 어디 한번 뜨겁게 붙어보자고."

'뜨겁게, 인가.'

역시나 리처드 1세의 공격적인 성향을 짐작케 하는 한마디였다.

[서열전이 시작됩니다.]

[악마군주 그레모리님의 계약자 이신님과 악마군주 글라샬라볼라스님의 계약자 리처드님께서 참전합니다.]

시작되었다.

이신은 머릿속에 가상의 키보드와 마우스를 떠올려 노예들을 부렸다.

노예 4명이 마력석을 캐기 시작했고, 동시에 사령부에서 새로운 노예를 소환하기 시작했다.

노예가 새로 소환되는 족족 마력석 채집에 투입되었다.

'일단은 가난하더라도 안전하게 초반을 보내는 데 집중해 볼까.'

이신은 병영을 본진 출입구를 가로막는 형태로 지었다.

가뜩이나 제3 전장 리벤은 본진 출입구가 좁아서 사람 하나가 간신히 통과할 정도였다.

거기에 병영으로 출입구를 반쯤 막아섰다.

이러면 이신도 나중에 본진 밖으로 나갈 때 통행이 불편해진다.

앞에 리처드 1세가 병력을 끌고 나와 진을 치고 있으면 더욱 진출이 방해받는 것이다.

하지만 그럼에도 불구하고 이신은 안전한 쪽으로 운영을 했다.

유사시에 병영 옆에 식량창고나 화살탑을 지으면 완전히 밀봉되는 구조의 심시티.

이건 어떻게든 휴먼이 가장 약한 초반 타이밍을 안전하게 넘기겠다는 이신의 의지였다.

하지만 여기까지는 2류 3류도 할 줄 아는 안전한 플레이.

일류의 방어는 무엇보다도 정찰이 생명이었다.

이신은 사도 콜럼버스가 소환되자 일찌감치 정찰을 보냈다.

이신의 본진 위치는 7시.

콜럼버스는 5시를 거쳐 1시로 올라갔다가 리처드 1세의 진영을 발견했다.

리처드 1세는 본진으로 들어서는 출입구에 오크노예 1명을 세워서 지키고 있었다.

정찰을 허용하지 않겠다는 뜻인데, 물론 이신에게는 이를 무시하고 들어갈 수 있는 수단이 있었다.

'블링크를 쓸까요?'

콜럼버스가 물었다.

이신은 고개를 저으며 말했다.

'마비침을 써서 들어가. 블링크는 탈출할 때 써야 한다.'

사도 콜럼버스는 이신이 빙의해서 치유 능력을 쓸 수 있는 소중한 수단이기에 반드시 살려야 했다.

'알겠습니다!'

콜럼버스는 출입구를 지키고 있는 오크노예를 향해 씨익 웃으며 뚜벅뚜벅 다가갔다.

보다 체격이 좋고 힘이 센 오크노예였지만 콜럼버스는 겁먹지 않았다. 이미 이신의 사도로서 서열전 전장에서 산전수전을 다 겪은 콜럼버스였다.

퓨욱!

콜럼버스는 오크노예에게 마비침을 쐈다.

그리고 1초간 마비된 오크노예에게 잽싸게 달려들었다.

"으랏차!"

오크노예를 붙들고 있는 힘껏 땅에 내동댕이를 쳐버렸다.

평소에 다른 사도들과 함께 지내면서 몇 가지 잔재주를 배운 콜럼버스.

1초간 마비 상태에 있어 무방비 상태인 오크노예를 매치는 건 손쉬운 일이었다.

물론 그걸 1초 안에 해내고 오크노예에게 붙들리기 전에 잽싸게 몸을 빼야 한다는 전제 조건이 있었지만 말이다.

"춰이익!"

내동댕이쳐진 오크노예가 화가 나서 두 손을 뻗었다.

하지만 콜럼버스는 그 손에 붙잡히기 전에 황급히 몸을 빼는 데 성공했다.

그리고 본진 안으로 진입하는 데 성공했다.

'성공입니다! 와우, 역시 숨기는 게 있었는데요?'

'잘했다.'

이신은 콜럼버스의 정찰 성과를 칭찬했다.

리처드 1세는 자원 확보가 시급한 초반에 오크노예 1명을 출입구를 지키게 할 정도로 보안에 기울였다.

하지만 정찰을 허용하고 말았고, 오크노예 1명을 일시키지 않은 손해를 아무 성과 없이 떠안게 되었다.

별게 아닌 것 같아도, 극초반의 이런 사소한 손실은 시간이 흐를수록 나비효과처럼 커지는 법이었다.

무엇보다도 큰 성과는,

'건물이 없군.'

당연히 오크의 본진에 있어야 할 전사 양성소 건물이 보이지 않았다.

오크전사를 소환하는 전사 양성소는 오크의 테크 트리에 있어 기본 중의 기본이었다.

그게 본진에 없다 해도, 이 타이밍에 아직도 전사 양성소를 짓지 않았다는 것은 말이 되지 않았다.

즉, 전장의 다른 지역 어딘가에 몰래 숨겨지었다는 뜻이었다.

'거기서 빠져나와 전장 중앙 지역을 정찰해.'

'옛!'

이신의 명령에 따라 콜럼버스는 리처드 1세의 본진에서 빠져나가기로 했다.

하지만 여의치는 않았다.

아까 출입구를 지키다가 내동댕이쳐지는 수모를 겪은 그 오크노예가 눈을 부릅뜨고 있었던 것이다.

'블링크를 쓰지 않고 빠져나올 수 있나?'

이신이 물었다.

'물론입니다!'

자신만만한 대답이었다.

콜럼버스는 씨익 웃으며 마비침을 꺼냈다.

마비침을 부는 시늉을 하자, 오크노예가 움찔했다.

그 순간 콜럼버스가 다시 덤벼들었다.

엇박자로 달려들면서 마비침 발사!

오크노예는 또 1초간 마비되었다.

그리고 또…….

"으차!"

쿵!

"취익!"

콜럼버스는 오크노예를 매치고 빠져나가는 데 성공했다.

전투 시 유용한 마비침을 5발 중 2발을 이미 소모했다.

하지만 그럼에도 불구하고 블링크를 아낀 것은 다 이유가 있었다.

콜럼버스가 전장의 중앙 지역으로 향할 때, 오크전사와 맞닥뜨리게 된 것이다.

리처드 1세가 어딘가에 숨겨 지은 전사 양성소에서 소환된 오크전사였다.

"취이익! 죽인다!"

오크전사가 콜럼버스의 앞길을 가로막았다.

"오, 할 수 있다면 말이지."

장비한 가죽 부츠 덕에 이동속도가 5% 더 빠른 콜럼버스는 자신만만했다.

하지만 오크전사는 콜럼버스를 붙잡기보다는 전장 중앙 지역 쪽으로 향하지 못하게 가로막는 데 주력했다.

멀리 우회해서 따돌려 보려 해도 저렇게 신중하게 일정 방면을 막고 있는 이상 쉽지 않은 일이었다.

그리고 그러는 동안 시간이 지체되면 정찰의 의미가 퇴색된다.

'블링크 써.'

이신이 지시했다.

[계약자 이신의 사도 하급 악마 콜럼버스가 능력 블링크를 사용합니다.]

[10미터 범위 내에서 순간이동을 합니다.]

파앗!

콜럼버스는 이때를 위해 아꼈던 블링크를 사용해 오크전사를 따돌렸다.

그 후에도 콜럼버스의 정찰 센스가 돋보였다.

블링크로 따돌린 후에는 정확히 오크전사가 가로막으려 했던 방향으로 달리기 시작한 것이다.

아까 좌우로 움직여 보면서 오크전사를 살폈던 콜럼버스.

막으려 했던 방향에 적이 숨기고 싶어 하는 것이 있을 거라는 판단이었다.

그런 콜럼버스의 판단은 옳았다.

전장의 중앙에서 살짝 좌측으로 치우쳐진 지역에 리처드 1세가 몰래 지은 전사 양성소를 발견했다.

'맙소사! 아주 작정을 했는데요?'

콜럼버스가 화들짝 놀랐다.

그곳에 몰래 지어진 전사 양성소는 총 2채였다.

이 타이밍에 전장 중앙 지역 부근에 전사 양성소를 2채나 숨겨지었다?

이것이 말해주는 바는 하나였다.

뒤가 없이 아예 초반에 밀어붙여서 끝내 버리겠다는 의지 표명이다.

정찰을 못했더라면 전사 양성소가 2채라는 걸 몰랐을 것이다.

그러면 전투가 벌어졌을 때 오크전사의 숫자가 예상보다 더 많아 낭패를 보는 상황이 벌어졌으리라.

'됐다. 돌아와.'

'옛!'

이신은 생각해 둔 심시티를 실행에 옮겼다.

일단 병영 뒤에 화살탑 1채를 건설했다.

콜럼버스가 돌아오면, 병영 옆의 빈 공간에 식량창고를 지을 생각이었다.

그러면 병영과 식량창고로 출입구가 완전히 봉쇄되고, 그 바로 뒤에는 화살탑이 자리 잡고 있는 심시티가 완성되는 것이다.

테트리스 게임처럼 딱딱 맞아 떨어지는 치밀한 구성의 심시티.

그러면 나중에 본진 밖으로 나가기 위해서는 자기 식량창고를 부숴서 길을 터야 하는 상황이 생기지만, 그걸 감수하더라도 리처드 1세의 초반 전략을 막기만 하면 무조건 이득이었다.

'뭘 준비했건 결국 근본은 초반 올인 러시에 불과하다.'

이신은 굳건히 방어 태세를 갖춘 채 리처드 1세의 공격을 기다렸다.

아직까지는 이신의 흐름이었다.

*   *   *

오크전사 3명이 당도했을 땐, 이미 이신의 본진 출입구가 꽁꽁 틀어막힌 뒤였다.

—퍼억! 퍽!

—쉬익!

오크전사들은 출입구를 막고 있는 식량창고를 두들겨 보았지만, 오히려 화살탑에 있던 궁병들에게 화살을 맞고 물러났다.

'일단 순조롭군.'

이신은 자신의 방어 태세에 만족감을 느꼈다.

하지만 방심하지는 않았다.

리처드 1세였다.

사자심왕씩이나 되는 자가 고작 이 정도 작전을 믿고 덤볐다고 생각되지는 않는다.

'무언가가 더 있겠지.'

이신은 어렴풋이 짐작을 했다.

아마도 진짜 문제는 본진 밖으로 나가는 일이었다.

꽁꽁 틀어막은 이 심시티 방어는 적의 공격을 막기 좋으나, 반대로 이신도 본진에서 나오기 힘들게 했다.

'스페이스 크래프트의 인류처럼 건물을 공중에 띄울 수도 없으니.'

그것이 게임과 서열전의 가장 큰 차이였다.

그런 면에서 서열전의 휴먼은 게임의 인류보다 어려웠다.

그럼에도 할 만한 가치가 있다고 여겼기에 선택했지만.

'휴먼의 약한 기동성을 노린 것이라면 썩 괜찮은 전략이라고 평가해 주지.'

지상전에서 휴먼이 오크를 이기려면 일단 투석기가 필수였다.

하지만 그 투석기는 게임의 기동포탑보다 조립과 분해가 더 오래 걸렸다.

그 분해했다가 다시 조립하는 간극을 노리고 적이 치고 들어오면 속수무책인 경우가 많았다.

그런 약점을 잘 알고 보완하기에 나폴레옹이 서열 1위 계약자인 것이다.

'본진 밖으로 나서면서 한판 붙는다.'

대략 전략의 틀이 잡히자 이신은 즉각 준비에 들어갔다.

먼저 테크 트리를 최대한 빨리 올려 투석기가 신속하게 제작되도록 했다.

투석기 없이 지상전은 성립되지 않으니까.

투석기의 사거리라면 본진에 배치해도 앞마당까지 사거리가 미친다. 앞마당에 머물러 있는 리처드 1세의 오크전사들도 투석기가 등장하면 일단 철수할 수밖에 없었다.

다만 리처드 1세가 무엇을 하는지 정찰할 수가 없어서 조금 답답한 면이 있었다.

'아마 앞마당을 빨리 가져갔겠지.'

시작부터 조금 무리해서 압박을 가해 이신으로 하여금 출입구를 봉쇄하고 본진에 틀어박히게 했다.

그러면서 앞마당에 마력석 채집장을 빨리 가져가서 초반에 가난하게 출발했던 자원 손실을 보완한다.

'괜찮은 작전이다.'

이제 리처드 1세는 이신이 확장을 위해 본진에서 나오려 할 때마다 공격을 시도해서 훼방을 놓을 것이다.

그렇게 점차 이신을 가난하게 만든다.

그리고 이신은 바로 그런 리처드 1세의 공격을 막아내고 앞마당을 무사히 확보할 생각이었다.

앞마당을 시작으로 천천히 진출을 시작하며 천천히 서열전을 장기전으로 이끈다.

후반의 대규모 전투가 되면 이신은 리처드 1세뿐만이 아니라 그 누구에게도 안 질 자신이 있었다.

[공병이 투석기 제작을 완료하였습니다.]

마침 이신이 기다리던 안내음이 들렸다.

투석기 제작을 완료한 공병은 다름 아닌 그의 사도 마르몽.

[오귀스트 마르몽(휴먼, 공병)
무기: 사브르(공격력 +5%)
방어구: 가죽갑옷(방어력 +5%)
능력: 빙의, 명중률(원거리 무기의 명중률이 100%가 됩니다.)]

1,000마력을 부여받아 하급 악마가 된 마르몽은 명중률 100%라는 능력이 추가적으로 생긴 상태였다.

투석기 1기의 파괴력이 중요한 역할을 하는 이때, 마르몽의 이 능력은 상당히 유용했다.

투석기가 쏘는 바위가 명중률 100%로 먹혀들 수 있으니, 이 힘을 빌리면 리처드 1세의 계략을 격파할 수 있다는 이신의 견적이었다.

거기다가 이신은 병영을 3채까지 짓고서 병력을 모으고 있었다.

로흐샨이 이끄는 석궁병 부대.

이존효가 이끄는 장창병과 방패병 부대.

거기다가 마비침으로 리처드 1세를 저격할 준비를 하고 있는 콜럼버스까지.

여차하면 이신이 콜럼버스에게 빙의하여 치유 능력도 펼칠 수 있다.

'일단 준비는 대략 끝난 셈이군.'

더는 지체할 수가 없었다.

아마 리처드 1세는 이미 앞마당에 마력석 채집장을 구축하고 마력을 먹고 있을 터.

조금만 더 시간을 내주면, 그 마력 채집량이 고스란히 병력이 되어 나타난다.

그전에 이신은 빨리 앞마당을 확보하여서 마력석 채집장의 숫자를 따라잡고 싶었다.

'투석기 전면 배치.'

'곧 앞마당을 탈환한다. 모두 전투 준비.'

이신이 지시를 내리기 시작했다.

마르몽은 투석기를 앞마당과 최대한 가까이 붙여서 배치했다.

조립된 투석기가 이윽고 바위를 날리기 시작했다.

투웅!

콰아앙!

"취이익!"

바위가 날아들자 오크전사 1명이 제대로 적중되어 피떡이
되었다.

이신의 앞마당을 점거하고 있던 오크전사들은 우르르 철수
했다.

그리고 기다렸다는 듯이 이신이 발 빠르게 대처하기 시작
했다.

앞마당을 차지한 즉시 노예 2명이 화살탑 2채를 짓기 시작
했다.

이존효와 로흐샨이 이끄는 병력도 함께 나와서 태세를 갖
췄다.

그리고 마지막으로 사령부 건물이 앞마당에 지어졌다. 이게
완성되면 앞마당에서도 마력석을 채집할 수 있다.

그야말로 신속무비.

삽시간에 앞마당을 치키는 방어선이 이루어지고 있었다.

[특수 병영에서 공병이 소환되었습니다.]

추가 소환된 공병도 즉각 투석기 제작에 투입됐다.

그런데 화살탑 2채가 지어지기도 전이었다.

"취이이익!"

"다 죽인다, 취익!"

"전공 세운다!"

대량의 오크전사들의 떼거리로 몰려들기 시작했다.

'오크전사?'

이 시간대면 오크창기병도 서너 기쯤 소환할 수 있었을 터였다.

그런데 리처드 1세는 오크전사에 힘을 쏟았다.

아마도 병력을 대량으로 소환하기 위해 오크전사를 택한 듯했다.

오크전사는 무기도 더 커졌고, 갑옷도 훨씬 더 좋아졌다.

오크전사의 공격력과 방어력을 모두 업그레이드했다는 뜻이었다.

'이 정도까지 힘을 주었다는 건 역시 지금 승부를 보겠다는 뜻이로군.'

그렇다면 막으면 이쪽의 승리라는 뜻이었다.

한판 승부가 펼쳐졌다.

'화살탑 사수.'

이신은 이존효에게 지시를 내렸다.

이존효는 즉각 행동했다.

"밀어내라! 화살탑을 사수해야 한다!"

[계약자 이신의 사도 하급 악마 이존효가 능력 광기를 사용합니다.]

[주변 아군이 광기에 휩싸여 공격력이 크게 강화되었습니다.]

이존효가 능력을 썼다.

광기에 휩싸인 방패병들과 장창병들이 일치단결하여서 몰려드는 상당수의 오크전사들에 맞서기 시작했다.

장창병과 방패병은 대열을 유지하며 화살탑을 짓고 있는 노예 2명을 지켰다.

"취이익!"

"다 죽여라, 취익!"

"취익! 화살탑 부숴라!"

파도처럼 밀려드는 오크전사들.

치열한 난투가 벌어졌다.

오크전사들은 온몸으로 밀어붙여서 방패병들의 대형을 흐트러뜨리고, 마구잡이로 뒤엉켜서 서로를 베고 찔렀다.

무시무시한 난전이었다.

그런데, 바로 그때였다.

"크하하, 바로 이거지!"

유독 한 오크전사가 호탕한 웃음을 터뜨리며 난투에 끼어들었다.

다른 오크전사와도 비교되는 기다란 검을 휘둘러 장창병 둘을 단숨에 베어 넘겼다.

그러고는 검을 냅다 집어 던졌다.

콰아악!

"끄악!"

놀랍게도 던진 검은 화살탑을 짓던 노예의 머리통에 적중되었다.

화살탑 완공을 눈앞에 두고 노예가 즉사했다.

"네 검도 이리 내!"

옆에 있던 오크전사의 칼을 빼앗아 든 그 오크전사는 단연 리처드 1세.

사도의 육체에 빙의되어서 직접 싸우는 것이었다.

"차아!"

리처드 1세는 다시 한 번 칼을 집어 던졌다.

놀랍게도,

콰지직!

"껵!"

나머지 한 노예도 화살탑을 짓다 말고 절명했다.

모가지에 정확히 칼이 꽂혀 있었다.

리처드 1세는 놀라운 묘기로 화살탑 건설을 방해했다.

'화살탑을 완공시켜라.'

이신은 급히 노예 2명을 더 투입했다.

저 화살탑 2채가 완성되어야 방어선을 굳건해진다.

"다 죽여라!!"

리처드 1세가 쩌렁쩌렁하게 고함을 질렀다.

[계약자 리처드님께서 고유 능력을 사용합니다. 300마력이 소모됩니다.]

[계약자 리처드가 학살을 부추깁니다.]

[계약자 이신 진영의 공격력이 10%, 계약자 리처드 진영의 공격력이 20% 상승합니다.]

[계약자 이신 진영의 육체 손상이 15%, 계약자 리처드 진영의 육체 손상이 10% 빨라집니다.]

[싸움에 임하는 전 병력이 광기에 휩싸입니다. 통제가 어려워집니다.]

[전투가 끝날 때까지 효과가 지속됩니다.]

줄줄이 쏟아지는 안내음에 이신은 계속 놀라야 했다.

학살을 부추기는 능력.

그것이 리처드 1세의 고유 능력이었다.

사실 학살을 부추기는 능력은 악마군주 글라샬라볼라스의 권능이었는데, 그 계약자인 리처드 1세에게도 이어진 듯했다.

양측의 병력 소모가 가속화되었다.

진형은 단연 이신이 유리했다.

뒤에서 투석기와 석궁병이 사격하고 앞에서 방패병과 장창병이 막는 탄탄한 진형을 이루고 있었기 때문.

　하지만 리처드 1세의 능력이 펼쳐지자 병력이 소모되는 비율이 비등해졌다.

　"화살탑을 못 짓게 해라! 밀어붙여!"

　오크전사에게 빙의된 리처드 1세는 길길이 날뛰었다.

　던졌던 검을 다시 회수해서 휘두르며 육탄전을 벌인다.

　"으아아악!"

　"크헉!"

　"취이익!"

　모두가 광기에 휩싸여 있었다.

　볼트를 쏘는 석궁병들 또한 점점 이신의 통제를 듣지 않고 사격 타이밍이 제각각이었다. 이 또한 리처드 1세의 능력이 주는 효과였다.

　기어코 리처드 1세는 화살탑이 지어지고 있는 부근까지 밀어붙이는 데 성공했다.

　이신은 화살탑을 짓던 노예들을 뒤로 대피시키는 수밖에 없었다.

　"이 자식!"

　이존효가 리처드 1세에게 덤벼들었다.

　살아생전에 용맹을 떨쳤던 두 사람이 맞붙게 된 것이다.

　물론 이존효는 그냥 맞붙지 않았다.

뒤에서 기회를 엿보고 있던 콜럼버스가 타이밍 맞춰서 마비침으로 지원해 준 것!

"큭!"

리처드 1세는 마비침에 맞고 움찔했다.

그 틈에 이존효가 있는 힘껏 혼천절을 내질러 목을 뱄다.

푸학!

둥실 떠오르는 오크전사의 목.

방심한 틈을 타서 거둔 승리였다.

"이 이존효가 적장을 잡았다! 하하핫!"

포효하는 이존효.

그런데,

"너도 한번 받아봐라!"

옆에서 오크전사가 덤벼들었다.

바로 리처드 1세였다.

곧장 다른 오크전사 사도의 육체에 빙의해 버린 것이다!

"큭!"

검이 옆구리를 찌르자 이존효가 신음을 터뜨렸다.

콜럼버스가 나머지 2발을 다 쏴서 리처드 1세를 제지시키는 사이, 이존효는 비틀거리며 뒤로 물러섰다.

이신은 즉각 콜럼버스에게 빙의해서 치유 능력을 펼쳤다.

[계약자 이신님께서 고유 능력을 사용합니다. 1초에 5마력

씩 소모됩니다.]

[주변의 모든 아군의 체력이 회복됩니다.]

이존효를 포함하여 아군 병력의 체력이 점차 회복되었다.

그런데 바로 그때,

휘이익!

이신은 눈앞에 날아드는 검을 보았다.

리처드 1세가 거의 본능적으로 집어던진 검이었다.

"주군, 조심……!"

이존효의 경고가 뒤늦게 들렸지만,

콰아악!

섬뜩한 고통이 심장을 파고들었다.

[계약자 이신의 사도 하급 악마 콜럼버스가 죽었습니다.]

[빙의에서 풀려납니다.]

"커헉!"

빙의에서 풀려나자 고통도 사라졌지만, 이신은 난생 처음 죽음에 이르는 고통을 겪은 후유증에서 쉽게 벗어나지 못했다.

하지만 그 와중에도 이신의 머릿속은 승부로 가득 차 있었다.

'이 전투만 넘기면 돼.'

리처드 1세가 발휘했던 효과가 지속되는 시간이 이신의 뇌리에 남아 있었다.

[전투가 끝날 때까지 효과가 지속됩니다.]

이 전투가 끝나면 효과가 끝난다는 이야기였다.

리처드 1세는 전투가 끊어지지 않기 위하여 추가 병력을 계속 투입하며 계속 공격을 퍼부을 것이다.

이신은 애써 정신을 추슬렀다.

'이러고 있을 때가 아냐.'

앞마당의 상황이 좋지 않았다.

이신의 계산상 화살탑 2채가 아슬아슬한 타이밍에 완공되어야 했다.

그래야 리처드 1세의 공세가 실패로 돌아가면서 소강상태가 찾아온다.

그런데 변수는 리처드 1세의 신들린 활약.

검을 집어 던지는 신기(神技)로 화살탑 건설을 저지시켰고, 콜럼버스조차도 죽여서 이신의 치유 능력을 차단했다.

'안 좋군.'

이신의 표정이 좋지 않았다.

아직도 심장이 욱신거렸다.

사자심왕은 연신 포효하며 전투를 지배하고 있었다.

*   *   *

양측의 병력이 빠르게 줄었다.

지독한 난전.

그 진흙탕 싸움 속에서 리처드 1세의 활약이 빛을 발했다.

끝내 이신은 화살탑 건설을 취소시켜야 했고, 그 마력으로
병력을 더 뽑았다.

'한 타임만 막으면 수월해진다.'

학살을 부추기는 리처드 1세의 능력이 지속되는 시간은 전
투가 끝날 때까지였다.

일단 한 번 막아내고 전투가 소강되면, 능력도 끝나는 것.

능력의 효과를 지속시키기 위하여 리처드 1세는 끊임없이
맹공을 펼치는 것이었다.

리처드 1세는 그야말로 모든 역량을 이번 한 번의 공격에
퍼부었다.

투석기가 2기로 늘어나면서 피해도 늘었지만, 굴하지 않고
밀어붙인 리처드 1세는 기어코 이신의 앞마당에 지어지고 있
던 사령부 건물까지 부수는 데 성공했다.

'이러면 내가 지겠군.'

이신의 안색이 어두워졌다.

리처드 1세 또한 투석기에 계속 얻어맞는 바람에 병력 피해가 컸다.

그래서 목적을 완수하자마자 썰물처럼 퇴각했다.

다소 무리하긴 했으나, 어쨌건 이신의 앞마당 마력석 채집장 구축을 한 번 저지시켰다.

리처드 1세는 마력석 채집장을 추가로 운영하고 있으니, 이제 자원 격차가 벌어질 터였다.

'일단은 최대한 쫓아가 봐야지.'

물론 끝까지 최선을 다할 테지만, 이신은 사실 이번 대결은 미련을 버렸다.

초반부터 이만큼 격차가 벌어졌으면 가망이 없었다.

서열 24위에서 노는 리처드 1세는 항우처럼 어설프지 않다.

다만 최대한 시간을 끌어볼 생각이었다.

그동안 리처드 1세에 대해 더 살펴보고, 다음 대결에서 쓸 전략도 구상할 계획이다.

*   *   *

일단 포기를 하니 이신은 도리어 느긋해졌다.

늦었지만 앞마당에 마력석 채집장을 구축하고, 심시티로 방비를 했다.

투석기와 기사단으로 체제를 전환하고, 철저한 수성으로

일관했다.

그동안 리처드 1세가 수차례 더 공격을 시도했지만 능히 막아냈다.

'역시 무리하지는 않는군.'

리처드 1세도 여의치 않다 싶으니 더 싸우지 않고 병력을 물리는 모습이었다.

만약에 무리하게 계속 싸웠다가 병력을 모조리 잃으면 괜히 역전의 빌미를 주게 되니 말이다.

사실 이신도 은근히 그런 기회를 노렸는데, 아쉽게도 리처드 1세는 어리석지 않았다.

'용맹이 워낙 인상적이어서 그렇지, 판단력도 나쁘지 않군.'

언제 싸워야 하고 싸우지 말아야 하는지에 대한 판단이 본능처럼 정확했다.

'준비해 온 전략도 좋았고.'

휴먼의 약점을 정확하게 찌르고 들어온 전략이었다.

시작부터 공세를 펼쳐 휴먼이 본진에 틀어박혀 방어하게 만든다.

그 틈을 타 앞마당에 마력석 채집장을 빨리 구축해 마력 우위를 확보.

그리고 휴먼이 본진에서 나올 때 일거에 들이쳐서 마력석 채집장 구축에 실패하게 만든다.

이신은 그 전략을 짐작했음에도 막아내지 못했다.

불운도 따랐다.

화살탑 2채가 완성되었더라면 계산상 막을 수 있었다.

하지만 계산에서 벗어나게 만든 것 또한 리처드 1세의 실력이라 볼 수 있었다.

날카로운 타이밍에 공격을 시도했고, 검을 투척하는 기막힌 묘기로 화살탑을 짓는 노예를 잇달아 죽였다.

심지어 이신이 빙의한 콜럼버스까지도 죽이는 데 성공해서 치유 능력을 봉쇄했다.

운이 나빴다면 나쁜 거지만, 그만큼 리처드 1세가 실력자라는 뜻도 된다.

'거기다가 오크전사 사도가 셋이나 되었군.'

그랬다.

리처드 1세는 사도 5인 중 3인이 오크전사였다.

덕분에 빙의한 오크전사 사도가 죽을 때마다 다른 사도의 육체로 옮겨가며 계속 싸웠다.

'오크전사 사도가 셋이나 된다니, 확실히 초반의 전투에 최적화됐다.'

이신은 문득 궁금해졌다.

'그러면 중후반에도 그만큼 잘 싸우는지 한번 볼까?'

그 뒤로 이신은 끈질기게 리처드 1세의 공세를 견뎌내며 싸움을 장기전으로 끌고 갔다.

살펴보고 싶은 건 리처드 1세가 초반에 벌어진 격차를 잘 유지하나였다.

열기구를 동원해서 쓸모없어진 석궁병, 장창병, 방패병으로 드롭 작전을 수시로 시도했다.

그렇게 리처드 1세의 후방을 끊임없이 교란시키면서 투석기와 기사단을 꾸준히 확보해 한 방 싸움을 위한 전력을 축적했다.

만약에 리처드 1세가 운영에 미숙함을 보인다면, 이신은 삽시간에 파고들어서 역전을 이뤄낼 심산이었다.

하지만 아쉽게도 리처드 1세는 그러한 빈틈을 보이지 않았다.

열기구를 쓴 드롭 작전도 그럭저럭 잘 막아낸다.

병력이 모일 때마다 수시로 공격을 퍼부어서 소모전을 해주었다.

소모전이 빈번할수록 마력 채집량이 적은 이신이 힘들어진다는 걸 잘 아는 판단이었다.

물론 이신은 끊임없이 함정을 파서 리처드 1세를 유혹했다.

싸우기 유리한 지형에 병력을 포진시키고 리처드 1세에게 공격을 유도하는 것이었다.

한 번 크게 잘못 싸워서 병력을 탕진시키게끔 만들고 싶었던 것이다.

제대로 걸리면 역전을 바라볼 수 있으니 말이다.

하지만…….

'안 걸리는군.'

이신은 대략 리처드 1세의 스타일을 파악할 수 있었다.

싸움에 굉장히 강한 타입이다.

유리한 싸움과 불리한 싸움을 잘 분별하며, 자잘한 디테일에 약하지만 굵직한 공격으로 성과를 얻어내는 지휘관이었다.

약점은 디펜스.

원숭환이나 발터 모델 같은 방어에 능한 지휘관과 비교해 볼 때, 디펜스가 촘촘하지 못하다.

공격받으면 곧장 대응하긴 하는데, 일단 찌를 곳은 많았던 것이다.

'대략 어떤 식으로 싸워야 할지 알겠다.'

전황은 불리해져갔지만, 이신은 침착하게 다음 대결의 전략을 수립했다.

[악마군주 그레모리님의 계약자 이신님께서 패배를 선언하셨습니다. 악마군주 글라샬라볼라스님의 승리입니다.]

[악마군주 글라샬라볼라스님께서 마력 3만을 획득하셨습니다.]

이로써 마계에서 2패를 기록하게 된 이신이었다.

물론 그럼에도 지난 전적을 통틀어보면 여전히 말도 안 되는 승률이었다.

이신은 그레모리에게 눈짓을 보냈다. 고개를 끄덕인 그레모리는 리처드 1세에게 말했다.

"소원을 말하라."

자신을 이긴 인간에게 한차례 소원을 들어준다.

규칙에 따라 그녀는 리처드 1세의 소원을 들어줄 의무가 있었다.

이신에게는 시간이 없으니 후딱 절차를 마치고 다음 서열전을 시작할 계획이었다.

"당연히 마력이오."

리처드 1세는 당당히 요구했다.

그레모리는 자신의 마력 총량의 1%를 건네줄 수밖에 없었다.

14,290마력이 리처드 1세에게 전이되었다.

그러자 서열의 변동이 이루어졌다.

[마력 총량 1,414,710으로 악마군주 그레모리님께서 서열 24위가 되셨습니다.]

[마력 총량 142만 8천으로 악마군주 글라샬라볼라스님께서 서열 23위가 되셨습니다.]

의기양양해진 리처드 1세는 이신에게 다가가 말했다.

"실력이 제법이더군."

"······?"

"불리한 상황에서 날 상대로 그 정도까지 싸웠으니 칭찬해야지."

그 말에 이신은 그만 피식 웃고 말았다.

마치 하수를 칭찬하는 듯한 태도였다.

리처드 1세가 자신이 야심차게 준비한 전략으로 승리를 거두자 자신감이 붙은 모양이었다.

"칭찬 감사하지만, 아직 아무것도 보여준 게 없습니다."

"오? 그래서 이제 보여주겠다는 건가?"

리처드 1세가 다시 붙어보겠냐고 도발을 해왔다.

이신은 쾌히 고개를 끄덕였다.

"그렇습니다."

"하핫, 나야 환영이지."

리처드 1세가 호탕하게 웃었다.

이윽고 그레모리가 글라샬라볼라스에게 도전의 의사를 밝혔다.

근소한 차이로 서열이 더 높은 입장이 된 글라샬라볼라스는 도전을 받아들일 의무가 있었다.

─도전을 피할 수 없지. 잠시 내 계약자와 상의하겠다.

글라샬라볼라스는 리처드 1세와 뭐라고 상의를 하기 시작했다.

마력으로 차단되어 있어 대화는 안 들렸지만, 표정만 봐도 리처드 1세는 자신감이 대단한 듯이 보였다.

그레모리가 이신에게 다가와서 걱정스럽게 물었다.

"계약자 리처드는 어땠나요?"

"제법이었습니다. 운영이 서툰 모습도 없었고, 무엇보다 전투에 강점을 보였습니다."

"맞아요. 관전하는 입장에서 봐도 위험한 전투는 피하는 모습이었어요. 카이저가 여러 번 미끼를 던져 유인했었죠?"

"그렇습니다."

그레모리도 이신의 서열전을 하도 많아 봐서 형세를 잘 알아보았다.

이신이 일부러 허점을 보여주면서 유혹했지만, 리처드 1세는 이신이 이미 유리한 지형에 자리 잡고 있어서 들어가면 병력을 송두리째 잃는다는 걸 잘 판단했다.

용맹 하나만 가지고 서열 20위권에서 노는 게 아니라는 증거였다.

"패배의 리스크 때문에 조급해하지 말고, 보다 철저하게 준비하고서 도전하는 건 어떨까요?"

그레모리가 그렇게 걱정하는 것도 당연했다.

하지만 이신은 고개를 저었다.

"뭘 걱정하시는지 알고 있습니다. 전 그것 때문에 조급해하는 게 아닙니다. 이길 방책이 없었더라면 설령 제가 급한 상황이더라도 무리하지 않았을 겁니다."

"알겠어요. 카이저를 믿어야죠. 하지만 이번에도 진다면 준비해서 재도전을 노리기로 해요."

"알겠습니다."

이신도 2연패나 당하면 또 싸우겠다고 떼를 쓸 생각이 없었다.

준비 안 된 상황에서 당한 1패는 용납하지만, 또다시 패배를 당하면 그건 확실히 문제가 있다는 뜻이다.

'지금쯤 난리가 났겠군.'

현실 세계에서 그는 무대를 향해 걸어가고 있었다.

그 모습을 카메라가 생생히 찍고 있었는데, 갑자기 쓰러졌을 게 아닌가.

'빨리 승리해야 수습이 되겠군.'

금방 일어나면 잠깐의 해프닝으로 끝날 일이었다.

이윽고 악마군주 글라샬라볼라스가 입을 열었다.

—제2 전장 블루레인에서 도전을 받도록 하겠다. 마력은 5만 어떠한가?

그레모리가 흠칫했다.

최대치인 5만.

확실히 이길 자신이 있다는 뜻이 담긴 배팅이었다.

이신이 고개를 끄덕이자, 그레모리는 하는 수 없다는 듯이 승낙했다.

"받아들이겠다."

―후후, 재미있는 서열전이 되겠군.

글라샬라볼라스가 흥미롭다는 듯이 말했다.

제2 전장 블루레인을 고른 까닭은 단순했다.

시작 지점이 두 곳밖에 없었다.

즉, 정찰을 하지 않아도 상대의 위치를 알 수 있는 것.

건물을 숨겨 지을 수 있는 으슥한 지역도 많다.

방금 서열전에서 시도했던 초반 올인 전략을 시도하기 더없이 적합한 것이다.

'예상했다.'

이신은 이미 리처드 1세가 제2 전장 블루레인을 고를 거라고 짐작했다.

블루레인에서 쓸 전략까지 다 구상해 놓은 뒤니 더없이 좋았다.

[서열전이 시작됩니다.]

[악마군주 그레모리님의 계약자 이신님과 악마군주 글라샬라볼라스님의 계약자 리처드님께서 참전합니다.]

2번째 대결이 시작되었다.

시작부터 이신은 본진 출입구를 식량창고와 병영으로 틀어막아 버렸다.

리처드 1세의 초반 기습 전략을 사전에 봉쇄해 버린 것.

물론 리처드 1세는 이제 이신이 본진에서 나오지 못하게 봉쇄하는 전략을 펼칠 터.

이에 대응하는 이신의 타개책은 생각보다 간단했다.

"로흐샨."

"예, 주군!"

"실력은 녹슬지 않았겠지?"

로흐샨은 씨익 웃었다.

"곧 확인시켜드리겠습니다."

지상이 막혀 있으면 하늘로 뻗어 가면 된다.

                    *   *   *

'전 대결보다 더 완벽하다.'

리처드 1세는 자신감을 가졌다.

지난 대결은 시작부터 적에게 정찰을 당해서 출발이 좋지 못했다.

그럼에도 끝내 이겼기에 자신감을 얻은 리처드 1세였다.

이번에는 훨씬 더 순조로우니 더할 나위가 없었다.

'역시나 휴먼은 약해서 못 쓰지.'

리처드 1세 역시 처음에 관심을 가졌던 종족은 휴먼이었다.

같은 인간에 더 호감이 가는 건 어쩔 수 없는 일이었다.

하지만 이내 휴먼의 나약함에 실망을 느끼고 오크로 종족을 정하게 되었다.

강력함.

적극적으로 움직일 수 있는 기동성과 공격성.

강인한 오크야말로 리처드 1세의 성향을 가장 잘 반영하는 종족이었다.

'아무리 솜씨가 좋아도 휴먼의 타고난 약점은 어찌할 도리가 없을 것이다. 하물며 상대가 나라면 말이지.'

휴먼이 가장 약하고, 오크가 가장 강할 때가 맞물리는 타이밍을 리처드 1세는 발견한 것이었다.

'좋다. 이 전략이라면 설령 나폴레옹이 상대라도 자신 있다.'

리처드 1세는 악마군주 글라샬라볼라스의 계약자가 된 후로 오랫동안 20위권의 중간 지점에서 정체되어 있었다.

각오는 했었다.

수없이 많은 시대의 영웅들이 경쟁자들이라는 것을.

하지만 자기 자신에 대한 자부심이 매우 강했던 리처드 1세로서는 쇼크이기도 했다.

20위권에서 벗어나지 못하는 자신의 한계를 느꼈다.

그러다가 바로 위인 23위에 안착한 악마군주 그레모리에 대해 알게 되었다.

그녀의 계약자 이신은 72악마군주에서 엄청난 실력을 떨쳤다고 했다.

그 알렉산드로스를 격파하는 데도 큰 공을 세웠으며, 나폴레옹조차 장차 자신의 적수가 될 거라고 인정했다.

리처드 1세는 결코 이신을 우습게보아서 도전을 결정한 게 아니었다.

'너를 꺾는다면, 내가 한계를 뛰어넘고 더 높이 비상할 수 있다는 뜻이다!'

이 대결은 바로 리처드 1세의 도전 정신과 향상심에 의한 것이었다.

명성을 떨치고 있는 이신을 꺾고 다시 상승세를 타겠다는 의지였다.

전황은 순조롭게 흘러갔다.

이신이 본진 출입구를 건물로 틀어막은 것을 확인하고는, 즉각 앞마당 마력석 채집장을 구축했다.

'마력 확보보다는 기술 발전에 더 집중하겠다는 뜻이겠지.'

전 판과 동일했다.

이신이 최우선으로 확보하려는 건 투석기일 터였다.

'그렇다면 나도 이번에는 좀 더 고급 병과로 상대해주지.'

리처드 1세는 오크전사의 숫자를 조절하고 기술 발전에 더 투자했다.

오크창기병과 오크궁기병을 더 확보하겠다는 전략이었다.

그런데 일정 타이밍이 지났음에도 이신은 본진에서 좀처럼 나오지 않았다.

오크전사 몇을 보내 이신의 앞마당에서 얼씬거려 보았다.

그럼에도 본진 안으로부터 투석기가 쏘는 바위가 날아오지 않았다.

'투석기를 마련하지 않은 건가? 아니면 투석기의 존재를 숨기고 내 공격을 유도하는 건가?'

적어도 투석기가 3기 이상은 있어야 할 타이밍이었다.

그럼에도 본진 안에만 틀어박힌 채 잠잠한 이신이 이해되지 않았다.

'내 공격을 유도해서 함정에 빠뜨리려는 행동은 전 대결에서 많이 보았다.'

역전을 위해 끊임없이 미끼를 던졌던 이신의 행동이 리처드 1세의 경계심을 불러일으켰다.

리처드 1세는 신중하게 나가기로 했다.

'본진에 틀어박혀 있겠다면 어디 마음대로 해라. 나는 확장을 더 할 테니까.'

리처드 1세는 본진과 앞마당에 이어 다른 지역에 추가로 마력석 채집장을 구축하기로 했다.

그의 본진 위치는 1시.

이신은 대각선 방향인 7시였다.

리처드 1세는 가까운 3시 지역에 마력석 채집장을 구축하기 위해 오크노예를 보냈다.

그런데…….

슈슈슉—!

하늘에서 떨어진 볼트 6발이 모조리 오크노예의 가슴에 적중했다.

오크노예는 즉사.

오크노예는 아무것도 보지 못하고 죽었지만, 리처드 1세는 비로소 이신이 무엇을 준비했는지 깨달았다.

'그리핀이군!'

적어도 3마리 이상의 그리핀을 소환했다.

거기에 석궁병 6명을 태워서 급습한 것.

'공중에서 교란을 시키겠다는 뜻이냐? 간지러울 뿐이다!'

리처드 1세는 오크궁기병을 집중적으로 모이기 시작했다.

이신이 그리핀 편대로 기습 전법을 쓰려 하니, 그 대항마로 오크궁기병만 한 병과가 없었다.

리처드 1세는 그리핀 편대를 대수롭지 않게 생각했다.

그래봤자 직접 공격하는 것은 그리핀에 올라탄 석궁병.

공격력 자체는 별것 아니므로, 귀찮기만 할 뿐, 자신에게 큰 피해를 입히지는 못한다고 판단했다.

그것은 지극히 정상적인 판단이었으나, 리처드 1세는 이신이 어떤 상대인지 몰라도 너무 몰랐다.

슈슈슉—!

그리핀 편대는 과감하게 오크궁기병들에게도 기습을 시도했다.

U턴 샷!

"취이익!"

오크궁기병이나 석궁병이나 사거리는 비슷했다.

사거리가 같으면 공중에서 공격하는 쪽이 유리했다.

뿐만 아니라 아슬아슬한 사거리에서 일제히 6발의 볼트를 쏘고 동시에 U턴하며 물러나 버리는 그리핀 편대의 스킬은 리처드 1세로서는 생소했다.

신들린 로흐샨의 활솜씨가 크게 한몫했다.

[로흐샨(휴먼, 궁병)

능력: 유도 사격(가까운 아군 궁병·석궁병 5인과 동일한 타이밍에 동일한 지점을 적중시킵니다. 5초에 1회씩 사용 가능합니다.)]

로흐샨이 명중시킨 지점에 다른 석궁병이 쏜 5발도 같이 적중된다.

즉, 로흐샨이 빗맞추면 다른 5발도 빗나간다는 뜻.

그럼에도 로흐샨은 한 번도 목표물을 명중시키지 못하는 법이 없었다.

거기다가 그리핀 편대를 운용하는 이신의 지휘력도 탁월했다.

리처드 1세의 오크궁기병들이 조를 짜서 커다란 그물을 치듯이 지역 방어를 했다.

그런데도 그리핀 편대는 이신의 지휘에 의하여 그 방어를 요리조리 피해 다니며 허점을 공략했다.

사실 블루레인은 여러 가지 복잡한 지형지물이 있어 비행 전력이 활약하기 유리한 면이 있었다.

당연하게도 이신은 이 전장에서 그리핀 편대가 활약할 수 있는 견제 포인트를 수없이 많이 파악해 두었다.

그리핀 편대의 U턴 샷은 최상위 서열로 올라가기 위한 이신의 가장 강력한 무기.

이곳을 전장으로 고른 것은 리처드 1세의 명백한 실수였다.

곳곳에서 그리핀 편대가 활약했다.

"취이익!"

마력석 채집장을 추가로 건설하려던 오크노예가 번번이 그리핀 편대에 의해 추살됐다.

리처드 1세는 귀신같이 활약하는 그리핀 편대 때문에 추가로 확장을 하려던 뜻을 이루지 못했다.

뿐만 아니라, 그리핀 편대는 곳곳에서 나타나 오크궁기병마저 야금야금 사살했다.

본진과 앞마당에서 마력을 채집하고 있는 리처드 1세.

본진에 틀어박혀 있는 이신보다 분명 마력 채집량에서 우위에 있었다.

하지만 그리핀 편대가 야금야금 갉아먹는 피해에 의하여, 양측의 전력은 서로 비등한 상황이었다.

'빌어먹을, 이런 수법이 있었다니!'

리처드 1세는 그리핀 편대 탓에 골머리를 앓았다.

일방적으로 수비하게 된 입장은 사자심왕이라 불린 리처드 1세의 성미가 안 맞는 일이었다.

하지만 시간이 흐를수록 점점 1기씩 전력이 불어나는 그리핀 편대는 심각한 위협이 되고 있었다.

그리핀 편대의 후방 교란에 의해 리처드 1세는 쉽사리 공격을 시도하지 못하고 병력이 묶여 버렸다.

그 틈을 타서, 마침내 이신이 본진에서 나왔다.

본진 출입구를 틀어막고 있던 자기 건물을 스스로 부숴 버리고 앞마당으로 나온 것이다.

'이제야 나왔느냐!'

계속 괴롭힘을 당하고 있었던 리처드 1세가 눈을 희번덕거렸다.

이신은 앞마당에 마력석 채집장을 구축하기 시작했다.

'저걸 취소시켜 버리면 다시 내가 승기를 잡는다.'

그리핀 편대의 활약이 골치 아프긴 했지만, 한곳에 모여서 한바탕 겨루는 회전(會戰)에서 유리한 쪽은 여전히 리처드 1세였다.

그리핀 편대의 강점은 기습과 교란이지 정면 승부가 아니니까.

'간다!'

호시탐탐 기회를 엿보던 리처드 1세는 돌연 전 병력을 일으켜 이신의 진영을 향해 번개처럼 진군했다.

한 번에 들이쳐서 이신의 앞마당을 부수고 승기를 거머쥔 다!

시종일관 자신이 준비한 전략 콘셉트를 유지하고 뚜렷한 목 표를 향해 질주하는 리처드 1세의 지휘 역량은 상당했다.

하지만 그가 자각하지 못한 게 있었다.

그 공격이 이신이 끈질긴 견제로 약 올린 결과라는 것.

승부를 보기로 한 리처드 1세의 이 결단이, e스포츠 용어 로 '발끈 러시'라 불린다는 것.

전쟁의 주도권을 쥔 쪽은 여전히 리처드 1세였다.

그리핀 편대의 활약이 대단했어도, 결국 이를 침착하게 방 어하며 확장과 대군 확보를 위주로 천천히 운영했어도 충분한 상황이었다.

하지만 정신적으로 말리게 만든 이신의 집요함이 리처드 1세 로 하여금 극단적인 판단을 하게 만들었다.

그 결과는 참혹했다.

"쳐라!"

"놈들은 독 안에 든 쥐다!"

"죽여!"

"취이익!"

리처드 1세의 병력이 앞마당에 들이닥쳤을 때, 삼면에서 이 신의 병력이 에워쌌다.

앞마당을 지키는 방패병·장창병·석궁병 부대.

그리고 반대편에서는 돌아온 그리핀 편대가 집요하게 U턴 샷을 펼치며 오크궁기병의 숫자를 야금야금 1기씩 줄여나갔다.

무엇보다도 다른 한 방향에서는 열기구 1척이 유유히 다가왔다.

열기구에서 마법사들이 내렸고, 이신 특유의 컨트롤에 의해 삽시간에 앞마당이 불바다를 이루었다.

화르르르르륵!

화르르륵!

가상의 키보드와 마우스로 조종하여 파이어 스톰을 난사시키는 이신의 컨트롤!

"취이이익!"

"취이익!"

오크 대군이 처참하게 몰살당했다.

리처드 1세가 어떻게 활약해 볼 틈도 없는 대패였다.

'이, 이럴 수가?!'

망연자실한 리처드 1세.

이신은 여세를 몰아 질풍처럼 진격했다.

삽시간에 리처드 1세의 앞마당까지 접근하여서 공격을 퍼부었다.

'투석기가 없다니. 그리핀과 마법사만 준비했구나.'

약한 휴먼이 부족한 지상전 전력을 보완하는 병기가 바로 투석기였다.

그런데 이신은 투석기를 포기하고, 오직 그리핀 편대와 마법사만 준비했다.

'그리핀 편대로 괴롭히고, 공격해 오면 마법사로 한 번에 몰살시키는 계략이었구나.'

마법사가 한 치의 실수라도 했다가는 이신이 리처드 1세의 맹공에 맥없이 꺾이는 그림이었다.

마법사의 파이어 스톰이 빗나가는 바람에 대패한 휴먼을 한두 번 본 리처드 1세가 아니었다.

이신은 그런 극단적인 아슬아슬한 외줄타기 싸움을 시도한 것이었다.

'이런 아슬아슬한 싸움에 자신이 있었구나.'

리처드 1세는 앞마당에 이어 본진까지 타격받자 그만 허탈한 웃음이 나왔다.

'그저 모략에 능한 자라 여겼는데, 그런 용기까지 있었나.'

리처드 1세는 자신이 이신이라는 인물을 너무 몰랐음을 인정했다.

그는 군인이었다.

아주 뛰어난 명장이었다.

[악마군주 글라샬라볼라스님의 계약자 리처드님께서 패배

를 선언하셨습니다. 악마군주 그레모리님의 승리입니다.]

　[악마군주 그레모리님께서 마력 5만을 획득하셨습니다.]

　[마력 총량 1,464,710으로 악마군주 그레모리님께서 서열 23위가 되셨습니다.]

　[마력 총량 137만 8천으로 악마군주 글라샬라볼라스님께서 서열 24위가 되셨습니다.]

　1승 1패.

　승부는 다시 원점이 되었다.

　승리로 패배의 리스크를 단번에 만회한 이신이었다.

제3장

3차전

"과연, 이런 솜씨로 축제에서 활약한 것이군?"

그 물음에 이신은 묵묵히 고개를 끄덕였다.

"멋진 솜씨였다. 알렉산드로스와 나폴레옹이 인정할 만해."

리처드 1세는 순순히 이신의 실력을 인정했다.

살라딘과의 관계가 그랬듯, 리처드 1세는 적수를 인정하는 아량을 보였다.

하지만 이신으로서는 그보다 패배의 리스크를 끊었다는 것이 더 기뻤다.

'15분쯤 걸렸던가?'

리처드 1세와의 2차전을 포함하면 대략 그 정도 걸렸을 듯했다.

'생각보다 더 심각하겠군.'

어쨌거나 방금 전의 승리로 패배 리스크는 중단됐을 테니 그나마 다행이었다.

—소원은 역시 마력인가?

글라샬라볼라스가 다소 기분이 나빠진 음성으로 물었다.

이신은 고개를 끄덕였다.

—별수 없지.

[악마군주 글라샬라볼라스님의 마력 13,780이 계약자 이신 님에게 전달됩니다.]

[마력: 75,351/75,351]

상위권의 다툼이다 보니 소원으로 받는 마력이 어마어마했다.

악마군주 아가레스에게 포상으로 받은 5만을 포함하여서 7만 5천을 넘기게 되었다.

이 정도면 상급 악마 중에서도 72악마군주의 지위를 엿볼 수 있을 정도였다.

서열 최하위의 악마군주보다 높은 마력 수준이니, 짧은 시간 안에 이룬 것치고는 대단한 성취였다.

'그러고 보니 아직 상급 악마가 되면서 능력이 어떻게 업그

레이드되었는지 제대로 확인을 못 했군.'

이신은 그제야 중요한 사실이 떠올랐다.

정신이 없어서 생각을 못했는데, 이신은 상급 악마였다.

이신이 가지고 있던 치유 능력도 더 업그레이드되어야 정상이었다.

하지만 이번 서열전에서 어떻게 달라졌는지 확인을 못 했다.

치유를 하다 말고 리처드 1세의 검 투척 기술에 얻어맞고 빙의가 풀려 버렸다.

'그때 잠깐 펼쳤을 때는 중급 악마였을 때와 달라진 게 없었는데?'

이신은 의문을 느꼈다.

1초에 5마력씩 소모했던 것도 동일했고, 치유 범위도 동일했다.

'변한 게 없을 리는 없을 텐데. 다시 한 번 확인해 봐야겠군.'

그러면서 이신은 리처드 1세를 가만히 살펴보았다.

리처드 1세는 분한 표정이었다.

끝내 계속된 이신의 견제에 참지 못하고 공격을 들어가는 바람에 대패를 했다.

아니, 그대로 쳐들어가서 싸웠을 때도 리처드 1세로서는 아쉬운 점이 또 있었다.

여러 방향에서 협공을 들어온 것은 별게 아니었다.

핵심은 마법사.

마법사를 포착한 즉시 오크궁기병으로 쏴서 파이어 스톰을 펼치기 전에 제거했으면 어땠을까?

마법사들이 내리기 전에 타고 있던 열기구를 격추시켰으면 어땠을까?

물론 그러지 못한 것은 리처드 1세의 반응이 한발 느렸던 탓도 있지만, 기본적으로 이신의 컨트롤이 빨랐기 때문이다.

머릿속의 가상 키보드와 가상 마우스로 병력을 빠르고 정확하게 조종하는 이신만의 노하우!

그 지휘 기법은 빠른 순발력을 요하는 상황일수록 빛을 발했다.

그걸 모르는 리처드 1세로서는 간발의 차이였다고 여기며 아까워할 수밖에 없었다.

파이어 스톰이 제대로 안 터졌으면 투석기가 하나도 없었던 휴먼 진영의 패배가 당연했으니, 사실 더 위태로웠던 쪽은 이신이었다.

많이 아쉬운 싸움.

그 말은 곧,

'재도전을 할 여지가 있다는 뜻이다.'

이신도 패배의 리스크를 만회했으니 여유가 있었다.

리처드 1세와 한 판쯤 더 서열전을 치르고 현실 세계로 돌아가도 딱히 변할 게 없었다.

이참에 또 한판 크게 이겨서 그레모리의 서열이나 하나 더 올려놓고 돌아가도 상관없었다.

'내가 도전받는 일은 참 드무니까.'

전장을 고를 수 있다는 권리는 꽤 소중했다.

특히나 지금처럼 이미 상대의 스타일과 전략 콘셉트 파악이 완전히 끝난 경우는 말이다.

아직 글라샬라볼라스와 리처드 1세가 떠나지 않는 걸로 보아 제도전의 의사가 있긴 있는 모양이었다.

아마도 한 번 찔러보고 이쪽이 어떤 전장과 배팅을 내거는지 확인한 뒤에 고민해 보겠지.

하지만 준비했던 전략이 이미 들켰다는 점에서 위험부담이 있으니 리처드 1세 측은 포기하고 물러날 공산도 있었다.

이신은 그레모리에게 다가가 나직이 말했다.

"만약 재도전을 해온다면 마력은 5만을 배팅하십시오."

"자신 있으신 건가요?"

"예, 다음에 또 붙어도 무조건 이깁니다."

이신은 확고한 자신감을 보였다.

리처드 1세는 인정하지 않겠지만, 사실 이신은 또 방금 전과 같은 아슬아슬한 싸움 양상이 되더라도 얼마든지 이길 자신이 있었다.

"전장은요?"

그레모리가 물었다.

이신은 웃으며 답했다.

"이곳이면 됩니다."

"예? 이곳 블루레인은 상대측이 골랐던 전장이잖아요?"

"그래야 재도전할 의욕이 더 날 겁니다."

"카이저는 정말 승리를 확신하시는 모양이네요."

"예. 저쪽은 방금 치른 2차 대결의 패인(敗因)을 마법사라고 생각할 겁니다."

"그럼 아닌가요?"

그레모리도 마법사를 잘 쓴 덕에 이길 수 있었다고 생각했기에 의외라는 표정이었다.

"패인은 그게 맞지만 2차 대결의 본질은 다른 부분에 있습니다."

이신이 계속 말했다.

"그리핀 편대에게 계속 휘둘렸다는 사실입니다. 견제에 휘둘려 제대로 집중을 못했다는 점에서 저는 공략법을 찾았습니다."

확신을 갖고 말하는 이신.

그가 그렇게 단언했을 때는 늘 이겼다는 것을 그레모리는 잘 알고 있었다.

때문에 그녀는 고개를 끄덕였다.

"알겠어요. 재도전을 해온다면 그렇게 조건을 걸도록 할게요. 마침 저쪽도 상의가 끝난 모양이네요."

리처드 1세와 상의를 하던 악마군주 글라샬라볼라스가 성큼성큼 다가왔다.

새의 날개와 발톱을 지닌 거대한 개가 다가오는 모습은 흉악스럽기 그지없었다.

—마신께서 정하신 율법에 따라 나는 아직 도전할 수 있는 자격을 갖추고 있다. 다시 도전하겠다.

"물론 도전에 응한다."

—전장과 배팅할 마력량을 정하라.

"이미 정했다."

—호오?

"마력은 5만을 배팅한다."

글라샬라볼라스의 눈빛이 가라앉았다.

최대치를 배팅한 그녀의 자신감에 불안함을 느낀 듯했다.

그레모리가 계속 말했다.

"그리고 전장은 멀리 갈 필요 없이, 이곳 제2 전장 블루레인을 택하겠다."

그러자 이번에는 리처드 1세의 표정이 굳었다.

'너무 바라던 바여서 도리어 의아하겠지.'

이신은 내심 미소를 지었다.

리처드 1세와 눈빛이 마주쳤다.

아무런 표정의 변화가 없는 포커페이스의 이신.

반면 곰곰이 생각하는 기색이 역력한 리처드 1세였다.

"이곳에서 또 싸우겠다니, 같은 상황이 되어도 얼마든지 이길 수 있다는 뜻이냐?"

리처드 1세는 숨김없이 궁금증을 드러내는 타입이었다.

이신은 고개를 끄덕였다.

"그렇습니다."

"운이 좋아서 이긴 게 아니라고 생각하나 보군?"

"의견이 다르시다면 직접 확인해 보시면 됩니다."

살짝 도발을 가미하자, 리처드 1세는 즉각 반응했다.

"좋다! 어디 똑똑히 확인해 보지!"

그러면서 글라샬라볼라스에게 도전하자는 의사를 피력하는 리처드 1세였다.

글라샬라볼라스는 고민하는 기색이 역력했으나, 자신감이 넘치는 계약자의 투지를 무시할 수도 없었다.

고심 끝에 글라샬라볼라스는 고개를 끄덕였다.

―좋다. 그 조건을 받아들이지.

그렇게 3차전이 벌어졌다.

*   *   *

양상은 비슷하지만 기실 전혀 달랐다.

당연하지만 이신은 1차, 2차전과 마찬가지로 불리하게 출발할 생각이 전혀 없었다.

이신은 1차, 2차전에서 보여주지 않았던 포석을 두었다.

첫 포석은 바로 콜럼버스의 정찰 경로.

콜럼버스는 1시를 향해 정찰을 떠났다.

이신이 7시에 있었으니, 리처드 1세는 1시에 있을 게 뻔했다.

그런데 콜럼버스는 1시로 향하지 않았다.

전장 중앙에 이르렀을 때 12시에 이어 6시 방면까지 훑어서, 그곳에 전사 양성소를 몰래 짓고 있던 오크노예를 발견했다.

1차전과 마찬가지로 리처드 1세는 전진해서 지은 전사 양성소에서 오크전사를 일찍 소환해 압박하려 했던 것이다.

'이런 걸 계속 반복하면 이렇게 되지.'

콜럼버스가 오크노예를 괴롭히며 공사를 방해했다.

오크노예도 건물을 짓다 말고 싸우는 수밖에 없었다.

잠시 후, 또 다른 오크노예가 더 나타나서 짓다 만 전사 양성소의 건설을 재개했다.

콜럼버스도 더는 행패를 부리지 않고 바로 1시로 향했다.

시작부터 오크노예 하나를 더 마력 채집에서 빠지게 만들었으니, 손실을 입힌 셈이었다.

두 번째 포석은 정찰을 마치고 난 콜럼버스의 이동 경로였다.

'11시에 숨어 있어라.'

이신은 콜럼버스를 복귀시키지 않았다.

출입구는 심시티로 막아놨으니, 콜럼버스가 본진에 돌아오지 않아도 방어는 문제없었다.

물론 이신이 본진에서 나오면 이를 기다렸던 리처드 1세의 공격을 받을 터. 그때는 콜럼버스가 필요했다.

하지만 이신은 좀 더 다른 상황을 만들어 볼 생각이었다.

그것은 바로……

'사령부를 지어라.'

11시에 숨어 있던 콜럼버스에게 이신이 내린 지시였다.

몰래 확장이었다.

이신의 확장을 차단해 가난하게 만들려는 리처드 1세의 기본 전략을 근본부터 무너뜨리고자 했다.

물론 들키면 안 된다는 전제조건이 있었다.

들키지 않기 위해 이신은 리처드 1세의 신경을 다른 곳에 분산시키기로 했다.

첫 포석으로 인하여 그것은 이루어졌다.

첫 소환된 궁병은 가짜 로빈 후드.

로빈 후드는 소환되자마자 6시로 이동했다.

전사 양성소는 아직 완공되지 않았다.

콜럼버스의 훼방 때문에 다소 지체된 것.

물론 거의 완공 직전에 놓였으나, 로빈 후드가 활을 쏴서 오크노예의 등에 적중시켰다.

"취이익!"

오크노예는 구슬프게 울부짖으면서도 참고 억지로 건물을 계속 지었다.

쉬익—

콰지직!

"취익!"

아슬아슬한순간이었다.

오크노예는 잠시 몸을 웅크려서 가까스로 치명상을 피했다. 화살은 다리를 맞췄다.

오크노예는 절뚝거리면서 계속 건설하여서 전사 양성소를 눈물겹게 완공하는 데 성공했다.

물론 오크노예는 이어지는 로빈 후드의 사격에 처치되었다.

로빈 후드는 그곳에 남아 계속 전사 양성소를 향해 화살을 쐈다.

'이제 신경이 이곳에 가 있겠지.'

출입구를 틀어막은 탓에 로빈 후드는 이제 본진으로 되돌아갈 수 없었다.

로빈 후드는 계속 돌아다니며 리처드 1세의 신경을 흐트러뜨리는 임무를 맡았다.

'1시로 정찰해라.'

내친 김에 이신은 로빈 후드에게 정찰까지 시켰다.

방해 없이 1시에 도달한 로빈 후드는 리처드 1세가 앞마당에 마력석 채집장을 짓고 있는 것을 발견했다.

이신이 본진에 틀어박힐 것을 알기 때문에 오크전사를 소환하지 않고 바로 확장을 택한 것이다.

나름대로 영악한 판단이었으나, 이미 거기까지도 이신의 예상 범위 내였다.

'내가 테크 트리를 올릴 걸 뻔히 아는데 초반부터 굳이 병력 소환에 마력을 소모할 이유가 없지.'

하지만 이신 또한 11시에 몰래 마력석 채집장을 건설하고 있다는 사실은 모를 터였다.

만약 알아차린다면 11시는 위태로워진다.

7시에 있는 본진과 거리가 멀어서 수비할 수가 없기 때문.

그걸 피하기 위해 이신은 끊임없이 로빈 후드로 화살을 쏘게 해서 리처드 1세의 신경을 건드렸다.

나중에는 그리핀 편대로 계속 괴롭혀서 리처드 1세를 정신없게 만들 생각이었다.

*   *   *

첫 그리핀이 소환되자마자 이신은 로흐산과 석궁병 하나를 태워서 보냈다.

본격적인 견제가 시작된 것이다.

'왔구나!'

리처드 1세는 이신이 또다시 그리핀을 쓰는 것을 확인했다.

'그만큼 지상군이 약하다는 뜻!'

리처드 1세는 나름대로 2차전에서 드러난 이신의 약점을 공략하기로 했다.

이신의 전략이 그리핀과 마법사라면, 지금 타이밍에 아직 마법사는 준비되지 않았을 것이다.

'바로 지금이 놈이 가장 약할 때다!'

리처드 1세는 오크전사와 오크창기병과 오크궁기병이 혼합된 병력을 모두 이끌고 진격에 나섰다.

"전부 다 뚫어버리고 숨통을 끊으면 그만이다!"

리처드 1세의 공격 판단은 바로 e스포츠 용어로 타이밍 러시.

서열전에서 오랫동안 활약했으니 상대가 약한 타이밍을 노리고 병력을 모아 치는 개념을 익히지 못했을 리 없었다.

리처드 1세의 군대는 곧장 이신의 앞마당까지 당도했다.

이신의 앞마당은 텅 비어 있었다. 다만 본진으로 들어가는 출입구는 건물들로 틀어막혀 방어가 된 상태.

'네 녀석도 더 이상 마력석 채집장을 확보하지 못하면 곤란할 터다.'

이신은 본진에서만 마력을 캐고 있다.

심지어 그 마력을 그리핀 소환에 투자했다.

때문에 이신의 지상군은 매우 빈약한 상황일 터였다.

그렇게 판단한 리처드 1세는 결단을 내렸다.

"본진을 친다!"

심시티를 뚫고 출입구를 돌파하겠다는 결단이었다.

"취이이익!"

"공격! 취이익!"

"다 죽여라, 취익!"

오크 군세가 맹렬하게 달려들어 본진 출입구를 막고 있는 건물을 때렸다.

그러자 건물 뒤편에서 석궁병들이 응사했다.

"놈들이 왔다!"

"그냥 쏴! 막 쏴도 다 맞는다!"

석궁병들은 건물로 이루어진 바리케이드 밖에서 일방적으로 볼트를 쐈다.

그럼에도 오크들은 볼트에 맞아가면서도 무서운 기세로 건물을 부수고 있었다.

식량창고가 무너지려고 할 즈음, 이존효가 소리쳤다.

"2차 작전이다! 모두 물러나!"

"옛!"

이신의 병력들이 일제히 뒤로 물러섰다.

물러선 지점은 화살탑이 1채 세워져 있어서, 인접한 병영 건물과 함께 심시티를 이루고 있었다.

이를테면 2차 심시티 방어선!

각 전장마다 상당한 연구를 했던 이신은 이러한 절묘한 심시티를 능수능란하게 사용한 것이다.

하지만 오크 군세 또한 1차 심시티를 무너뜨리고 본진에 진입하기 시작했다.

2차 심시티가 존재했지만, 빈틈없이 틀어막은 게 아니기 때문에 이제부터는 이신 측도 각오해야 했다.

"다 죽여라!!"

어느새 오크전사 사도에게 빙의된 리처드가 포효했다.

[계약자 리처드님께서 고유 능력을 사용합니다. 300마력이 소모됩니다.]

[계약자 리처드가 학살을 부추깁니다.]

[계약자 이신 진영의 공격력이 10%, 계약자 리처드 진영의 공격력이 20% 상승합니다.]

[계약자 이신 진영의 육체 손상이 15%, 계약자 리처드 진영의 육체 손상이 10% 빨라집니다.]

[싸움에 임하는 전 병력이 광기에 휩싸입니다. 통제가 어려워집니다.]

[전투가 끝날 때까지 효과가 지속됩니다.]

리처드 1세는 학살을 부추기는 능력을 사용했다. 승부수였다.

그리고 이신 또한 이 순간을 기다리고 있었다.

'모든 투석기 일제히 전진 배치.'

이신의 지시가 떨어졌다.

공병들이 분해된 투석기들을 끌고 이동했다.

투석기 하나하나 모두 이신의 조종에 의해 배치되었다.

그리고 다시 조립!

그랬다.

이신이 그리핀과 함께 준비한 것은 마법사가 아니라 투석기였다.

당연한 일이었지만, 이신은 2차전에서 선보였던 그리핀+마법사 전략을 또 써먹을 생각이 없었다.

지금처럼 리처드 1세가 그 허점을 노릴 수 있다고 생각했기 때문이다.

로흐샨이 탄 첫 그리핀은 적진을 둘러보다가 리처드 1세가 타이밍 러시를 시도하려는 걸 포착했다.

그래서 그 즉시 이신은 전략을 수정.

그리핀을 더 이상 소환하지 않고, 대신 투석기의 숫자를 더 늘렸다.

그리고 적이 나타났을 때, 투석기를 사용하지 않고서 리처드 1세가 적극적으로 공격해 오기를 유도했다.

'11시의 존재를 들키면 안 되니까.'

11시에 지어 놓은 마력석 채집장은 지금도 이신에게 꾸준히 마력을 공급해 주고 있었다.

이 사실을 모르는 리처드 1세는 이신의 병력이 적다고 오판한 것이다.

투석기가 5대나 있을 줄은 꿈에도 몰랐을 것이다.

슈우우웅! 슈우우웅!

콰아앙! 콰아아아앙!

"취이익!"

"투석기다, 취익!"

"취익!"

예상치 못한 투석기의 바위 세례에 리처드 1세의 병력이 큰 타격을 입었다.

출입구를 지나 본진에 진입하느라, 병력이 좁은 공간에 밀집되어 있었던 탓이다.

"투석기? 그런데 저 많은 숫자는 대체……!"

리처드 1세는 깜짝 놀랐다.

이신에게 저렇게 많은 투석기를 보유할 수 있을 정도로 마력이 있었단 말인가?

리처드 1세는 결코 어리석지 않았다. 곧장 답을 도출했다.

'어딘가에서 몰래 마력을 캐고 있었구나!'

당했다는 걸 깨닫자 리처드 1세는 마음이 급해졌다.

여러 가지 요소가 복합된 이신의 함정이었다.

이신은 리처드 1세로 하여금 총공격은 물론, 학살을 부추기는 능력까지 쓰도록 유도했다.

학살을 부추기는 능력은 서로의 피해를 더 극심하게 만든다.

즉, 저 투석기의 바위 공격이 더 끔찍한 대미지를 일으키는 것이었다.

'이제는 어쩔 수가 없다.'

이대로 물러서 봤자 패배가 확실했다.

퇴각해도 전진 배치된 투석기에게 얻어맞아 병력 태반을 잃을 터.

리처드 1세는 사활을 걸고 맹공을 퍼부었다.

"돌파해라! 돌파해야 우리가 산다!"

기호지세였다.

이 공격에서 어떻게든 피해를 입히지 못하면 패배는 기정사실이었다.

마음이 정해지자 리처드 1세는 무서운 무위를 뽐내기 시작했다.

"크아아아!"

콰지직!

공격 하나하나가 일격필살.

한 번 휘두를 때마다 석궁병이 하나씩 죽었다.

방패병이 저지하기 위해 다가왔지만, 또다시 일격에 방패와 함께 두 동강이 나고 말았다.

"다 죽인다!"

길길이 날뛰는 사자심왕.

살라딘의 표현대로 악마 같은 활약상이었다.

'좋은 기회군.'

이신은 자신의 치유 능력을 다시금 시험할 기회라 여겼다.

콜럼버스의 육신에 빙의했다.

이번에는 리처드가 던지는 검에 허무하게 죽지 않기 위해, 방패병 2명을 앞에 세웠다.

마력을 일으켜 치유 능력을 펼쳤다.

[계약자 이신님께서 고유 능력을 사용합니다. 1초에 5마력 씩 소모됩니다.]

[주변의 모든 아군의 체력이 회복됩니다.]

이신 주변에 있던 아군 병력이 완만한 기세로 회복되기 시작했다.

'똑같은데?'

1초에 5마력씩 소모되는 점이나 회복 속도나, 중급 악마였을 때와 달라진 게 없었다.

의아함을 느낀 이신이었지만, 일단은 전투에 집중했다.

"내가 간다!"

이신 진영에서도 용맹으로 둘째가라면 서러워할 맹장이 나섰다.

바로 이존효였다.

엄청난 일전이 펼쳐졌다.

근거리에서도 혼천절을 기막히게 다루며 잘 싸우는 이존효.

그러나 리처드 1세 또한 사도에게 무기와 방어구를 모두 부여했기 때문에 중무장한 상태였다.

신나게 치고받자 점점 리처드 1세가 이존효를 압도하기 시작했다.

복합적인 요소가 있었다.

학살을 부추기는 능력 탓에 리처드의 공격력이 이존효를 앞선 상태였다.

이존효도 광기를 일으켜 공격력이 상승된 상태였지만, 리처드 1세의 고유 능력만 한 효과는 없었다.

거기에 기본적인 체력과 근력도 오크가 휴먼을 능가했다.

이존효가 형편없이 밀려났다.

상처가 점점 많아졌다.

다른 오크 군세도 리처드 1세의 용맹에 용기백배하여 계속 밀어붙였다.

이신 병력의 대형이 무너지고 난전이 되었다.

서로 뒤섞이자 아군까지 피해를 입을 수 있어서 투석기들도 쉽사리 바위를 쏘지 못했다.

'이존효가 버텨주어야 한다.'

이신은 계속 펼치고 있는 치유 능력이 이존효에게 전달되도록 노력했다.

그런데 그때였다.

[치유 능력이 적용되는 범위를 조절할 수 있습니다.]
[적용 범위가 좁을수록 치유 효과가 상승합니다.]

갑자기 머릿속에 들리는 안내음에 이신은 흠칫 놀랐다.

'이거였나.'

치유 범위를 마음대로 집중·분산시킬 수 있는 것.

이것이 상급 악마가 되어서 진화한 능력의 정체였다.

이신은 치유 범위를 좁혀서 이존효에게 집중시켰다.

1초에 5마력씩 소모되는 치유 능력이 이존효 한 사람에게 집중된 것이다.

파아앗!

삽시간에 이존효는 모든 상처가 치료되고 체력까지 되돌아왔다.

이신은 물론 이존효 본인도 깜짝 놀랐다.

"오! 주군의 능력이시구나!"

이존효는 거침없이 달려들었다.

엄청난 치유 능력이 집중된 것을 아니, 방어를 도외시하고 같이 죽자는 식으로 덤볐다.

리처드 1세가 밀렸다.

똑같이 상처를 입는데 이존효는 그 즉시 말끔하게 치유되고 있었다.

"크윽, 제길!"

갑옷도 너덜너덜해지고 온몸이 만신창이였다.

'다른 몸으로 옮겨 타야겠다.'

리처드 1세는 기회를 노렸다.

다른 오크전사 사도로 하여금 근처에 오도록 했다.

이 몸을 미끼로 이존효를 유인한 다음, 그 즉시 다른 오크전사 사도에게 빙의해 일격필살로 처치할 속셈이었다.

무섭게 치받는 이 와중에 그런 노림수를 꺼내들 수 있다는 점에서 리처드 1세의 천부적인 싸움 센스를 짐작케 했다.

이존효가 혼천절을 있는 힘껏 휘둘렀다.

바로 그 순간,

'오냐, 와라!'

리처드 1세는 온몸을 던졌다.

콰지직!

빙의해 있던 오크전사 사도의 육체가 단숨에 두 쪽이 났다.

리처드 1세는 죽자마자 그 옆에 있던 또 다른 오크전사 사도에게 빙의했다.

그런데,

쉭— 콰직!

빙의되자마자 하늘에서 떨어진 한 줄기의 볼트가 목을 꿰뚫었다.

"크헉!"

리처드 1세는 피를 토하며 하늘을 올려다보았다.

그리핀을 탄 로흐샨이 씨익 웃고 있었다.

'눈엣가시 같은……!'

리처드 1세는 또다시 빙의가 풀렸다.

리처드 1세의 다른 사도들 역시 빠르게 처치되었다.

이는 투석기들을 지휘하는 마르몽의 판단이었다.

마르몽은 명중률 100%인 자신의 능력을 이용해 리처드 1세의 사도로 보이는 오크들에게 바위를 쏜 것이다.

주변에 아군도 있었지만, 상대측의 사도와 맞바꾼다면 이득이었다.

이번에는 리처드 1세가 사도들을 잃고서 빙의를 못 하게 된 것.

리처드 1세의 신들린 용맹이 없으니, 애당초 불리했던 전투는 이변 없이 마무리되었다.

[악마군주 글라샬라볼라스님의 계약자 리처드님께서 패배를 선언하셨습니다. 악마군주 그레모리님의 승리입니다.]

[악마군주 그레모리님께서 마력 5만을 획득하셨습니다.]

[마력 총량 1,514,710으로 악마군주 그레모리님께서 서열

22위가 되셨습니다.]

[마력 총량 1,314,220으로 악마군주 글라샬라볼라스님께서 서열 25위가 되셨습니다.]

3차전 역시 이신의 승리.

5만을 추가로 얻은 그레모리는 2차전에서 얻었던 마력과 합쳐서 서열이 한 단계 더 올라갔다.

반면에 글라샬라볼라스는 3만 마력짜리 서열전을 이기고 5만 마력짜리 서열전을 2연패함으로서 서열이 한 단계 내려 가고 말았다.

결과적으로, 두 악마군주의 서열 차이는 22위와 25위로 벌 어졌고, 글라샬라볼라스와 리처드 1세는 더 이상 도전을 할 수 없게 되었다.

'이제 돌아갈 수 있겠군.'

리처드 1세에게 2연승을 거둔 이신은 이제 현실 세계로 돌 아갈 생각으로 가득했다.

제4장

투혼

"이봐!"

서열전이 끝나고서 리처드 1세는 성큼성큼 이신에게 다가왔다.

설마 졌다고 화나서 때릴 리는 없으므로 이신은 별로 놀라지 않았다.

"11시였나?"

몰래 지은 마력석 채집장의 위치를 묻는 것이리라.

이신은 고개를 끄덕였다.

리처드 1세는 이를 악물며 다시 물었다.

"만약 그때 내가 후퇴하고 대신 11시를 쳤으면 어땠을 것 같나?"

"서로 피해를 주고받은 셈이 되었겠지요."

"내가 판단을 잘못했군."

리처드 1세의 병력 구성의 상당수가 기마군단이었다.

투석기의 절묘한 배치 탓에 후퇴하더라도 병력 태반이 희생됐으리라.

하지만 살아남은 기마 병력으로 기동성을 살려서 11시를 신속하게 급습했다면 어땠을까?

그랬다면 이신 또한 마력석 채집장이 박살 나는 피해를 입었으니 승부는 원점이 되었을 것이다.

물론 그렇게 되더라도 그때부터는 이신도 그리핀 편대를 모아 본격적으로 괴롭혔겠지만 말이다.

아무튼 리처드 1세는 그 긴박한순간에 판단을 잘못 내린 것이다.

"너무 아깝군."

리처드 1세는 고개를 절레절레 내저었다.

"하지만 아까운 패배가 2번 반복되면 그것은 실력이라고밖에 할 말이 없지."

리처드 1세는 이신에게 손을 내밀었다.

악수는 오른손에 무기가 없다는 것을 증명했던 데서 기원했다고 한다.

두 사람은 무기 없이 오른손을 서로 맞잡았다.

"훌륭한 실력이었다. 기회가 된다면 또 전장에서 보도록 하지."

"그러지요."

그렇게 글라샬라볼라스와 리처드 1세는 먼저 전장을 떠나 버렸다.

"수고하셨어요. 카이저가 지는 모습은 오랜만에 보네요."

그레모리가 다가와 말을 건넸다.

"준비 없이 치른 대결이라 고생을 했습니다."

"죄송해요. 제가 미리 도전할 기미를 눈치챘더라면 좋았을 텐데요."

"진 건 제 책임이고, 결국 이겼으니 됐습니다."

"네, 서열도 올랐고 결과가 좋으니 기뻐해야죠. 그런데 바로 가셔야 하나요? 바쁘셨다고 했죠?"

"예."

"어차피 시간은 다시 정지되어 있으니 천천히 쉬다 가서도 좋을 텐데."

그러나 이신은 고개를 저으며 단호히 말했다.

"그럴 수는 없습니다. 바로 가보겠습니다."

"어쩔 수 없네요."

그레모리는 현실 세계로 돌아가는 차원의 게이트를 열어주었다.

이신은 게이트로 발걸음을 내디뎠다.

'별일 없었으면 좋겠군.'

별일 없을 리가 없었다.

*　　　　*　　　　*

그것은 모두가 지켜보는 가운데 벌어진 사태였다.

경기장의 대형화면이,

인터넷의 스트리밍 방송이,

그 장면을 실시간으로 전 세계 팬에게 보여주고 있었다.

이신이 3세트를 위해 무대로 향하고 있었다.

스코어는 2─0.

감정 없는 표정으로 유유히 복도를 걷는 이신은 상대에게 마지막 선고를 내리러 가는 저승사자였다.

그런데 어느 순간, 걷다가 일순 흠칫하던 이신은 스르륵 눈을 감아버렸다.

털썩!

그대로 쓰러져 버린 이신.

잠시 침묵이 머물렀다.

그냥 실수로 넘어진 건가 싶었다.

뒤따르던 매니저가 곧 다가와 일으켜주려 한다.

그런데 매니저가 흔들어도 이신은 일어나지 않았다.

흔들어 깨우는 매니저의 손길과 표정이 점점 심각해진다.

이신은 눈을 감은 채 깨어나지 않았다.

―왓?! 지, 지금 무슨 상황입니까?

―카이저? 카이저가 쓰러졌습니다! 이게 대체 어찌 된 영문인가요?!

해설자들이 기겁을 하여 당혹한 어조로 의문을 토해냈다.

"무슨 일이지?"

"왜 안 일어나?"

"갑자기 쓰러졌어!"

경기장의 관중들이 웅성거리기 시작했다.

그리고 대형화면이 정신을 잃은 채 꼼짝하지 않는 이신이 비춰졌다.

결승전의 열기에 들끓어 올랐던 경기장이 싸늘하게 냉각되었다.

게임의 신.

역사상 가장 위대한 프로게이머.

세계 e스포츠의 슈퍼스타가 쓰러져 무대에 입장하지 못하고 쓰러진 것이었다.

"일어나, 카이저!!"

"구급차 불러 병신들아!"

"오 마이 갓!!"

"죽은 건 아니겠지?!"

"제발!"

관객석에서 고래고래 터져 나오는 고함으로 경기장이 요동
쳤다.

매니저와 경기장 스텝들이 이신에게 모여들어서 다급히 맥
박과 호흡을 확인했다.

그나마 확인한 뒤에 고개를 끄덕이는 걸로 보아 정상인 듯
했다.

하지만 심각한 건 여전했다.

전 세계 팬이 실시간으로 지켜보고 있는 상황이었다.

3세트를 치르러 입장하는 도중에 벌어진 참사!

분주하게 뛰어다니는 스텝들.

계속 흔들어보고 뺨을 치며 깨워보려는 SC스타즈의 이신
전담 매니저.

인터넷 뉴스는 실시간으로 속보를 쏟아내기 시작했다.

[이신 경기 도중 실신]

[쓰러진 이신에 아수라장 된 뉴욕 e스포츠 센터]

[게임의 신 이신 경기 도중 혼수상태]

['게임의 신' 이신 무대 입장하다가 쓰러져]

자극적인 타이틀을 단 뉴스 속보가 마구잡이로 쏟아졌다.

e스포츠 뉴스뿐만 아니라, 메이저 언론도 다루는 바람에
한국은 인터넷이 온통 이신 이야기로 도배되었다.

경기를 중계하는 스트리밍 방송에서는 충격받은 시청자들의 채팅이 빗발쳤다.

과거의 악몽이 떠오르고 있었다.

결승 진출을 확정 지어 놓고, 손목을 부여잡은 채 경기장에서 실려 나왔던 2년 전 이신의 모습이.

그때 세계 e스포츠는 희대의 스타를 잃었었다.

—스텝에게 들은 바에 의하면 다행히 맥박이나 호흡은 안정적이어서 심각한 건 아닌 것 같았다고 합니다. 하지만 의사가 아니니 자세한 진단을 받아봐야겠죠.

—예, 정말 염려되네요. 아무튼 일단은 상황이 안정될 때까지 기다려주시길 관객 여러분께 양해 말씀드립니다.

그리고 관객석에서 두 사람이 벌떡 일어나 무대 뒤편의 복도로 달려갔다.

한 사람은 왕춘 감독.

그의 입장에서는 야심차게 영입한 이신이 저렇게 쓰러져서는 안 되는 것이었다.

또 한 사람은 바로······.

"선생님!"

안색이 창백하게 질린 주디였다.

* * *

'뭐야?'

장비 세팅을 다시 점검하고 마인드 컨트롤을 하고 있던 박영호.

부스 밖의 분위기가 심상치 않자 박영호는 의문을 느꼈다.

다음 경기에 대한 기대감에 열광하는 모습들이 아니었다.

당혹.

두려움.

'그리고 보니 스텝들도 행동이 이상한데?'

이상한 낌새를 느낀 박영호는 자리에서 일어나 부스 밖으로 나가보았다.

경기장 밖에 보이는 대형화면을 본 박영호는 놀라서 눈을 부릅떴다.

쓰러진 채 잠들어 있는 이신이 보였다.

그를 둘러싼 팀 매니저와 경기장 스텝들이 매우 다급해보였다.

"뭐야? 저 인간 왜 저래?"

박영호는 주위를 둘러보다가 마침 스텝 하나가 보여서 손짓으로 불렀다.

영어를 할 줄 모르므로 검지로 대형화면에 비춰지는 쓰러진 이신을 가리켰다.

스텝은 뭐라고 열심히 설명했지만 당연히 박영호는 하나도 알아들을 수 없었다.

스텝은 손짓으로 박영호에게 부스 안에서 기다릴 것을 권했다.

"죽을 것 같은 건 난데 왜 저 양반이 쓰러진 거야?"

2—0으로 지고 있는 판국이라 정신적으로 궁지에 몰렸던 박영호였다.

그런데 뜬금없이 이신이 쓰러져서 경기장이 난리가 나니 기분이 이상했다.

'설마 경기 속행 못하는 건 아니겠지?'

이상한 예감이 스멀스멀 피어올랐다.

하지만 박영호는 애써 잡념을 떨쳐 버렸다.

'게임에 집중하자.'

박영호는 3세트에서 어떤 전략을 쓸지 구상하는 데 몰두했다.

결국 이신은 무대에 돌아와 자신과 경기를 치를 것이라고 확신했다.

그런 인간이었다.

이렇게 물러날 작자가 아니었다. 그래서는 안 된다.

*   *   *

경기장 관계자와 세계 SC 협회 관계자는 비상 회의를 열었다.

"카이저가 쓰러지다니 이게 무슨!"

"또 2년 전의 악몽이 재현되는 건 아니겠지."

2년 전의 악몽.

허술하기 짝이 없었던 한국의 경기장 경비 체계 탓에 벌어진 비극.

괴한의 습격으로 카이저의 손목이 박살 나 회생 불능이 되었던 사건이었다.

그때 전 세계 e스포츠는 충격으로 얼어붙었고, 이윽고 가장 위대한 스타를 어이없이 잃은 분노가 한국 SC 협회에게 쏟아졌었다.

그때와 같은 분노가 지금 이 자리에 모인 이들에게 쏟아질지도 모르는 일이었다.

인터넷 중계를 통해 전 세계가 지켜보고 있으니, 그들은 이번 사태를 잘 수습해야 했다.

"일단 카이저가 회복되는 대로 3세트부터 재경기를 갖는 걸로 합시다."

"하지만 이곳 뉴욕 e스포츠 센터는 일정이 빡빡하게 잡혀 있습니다. 재경기를 잡을 수 없어요."

"그럼 이대로 카이저를 기권패 처리해야 하는 거요?"

"지금 미쳤소?! 1, 2세트를 다 이긴 카이저가 기권패하고 0대 2로 지던 러너가 금메달이라고? 세계 팬들의 조롱과 비난을 받고 싶소?"

"그럼 어쩌잔 말이오? 반대로 러너에게 판정패를 줄 수도 없는 노릇 아니오!"

"끄응, 어떻게든 이대로 그랑프리 개인전 결승이 끝나서는 안 됩니다. 재경기로 갑시다. 뉴욕 센터가 아니면 다른 곳을 알아보던지, 아니면 차라리 관중이 없더라고 인터넷 중계만으로 경기를 치를지……."

"현장의 관중도 없이 스튜디오에서 치러지는 그랑프리 결승이라니 참 초라하잖소."

"별수 없지 않소? 쓰러진 카이저가 당장 벌떡 일어나준다면 모를까."

*   *   *

결국 구급차가 도착했다.

서둘러 달려온 구급대원들이 이신을 들것에 싣고 날랐다.

왕춘 감독과 팀의 코치와 매니저들이 뒤따르고 있었다.

경기장 밖에 대기 중인 구급차에 이르자, 수많은 기자들이 벌떼처럼 몰려들었다.

찰칵찰칵! 찰칵!

"카이저의 상태는 어떻습니까?"

"원인이 뭡니까?"

"좀 지나갑시다!"

"상태가 심각합니까?"

기자들의 플래시와 질문 공세가 폭풍처럼 몰아쳤다.

전 세계가 지켜보던 경기에서 벌어진 대형 사태에 e스포츠 기자들이 벌떼처럼 모여든 것이다.

"선생님!"

그때, 멀리서 주디가 애타게 부르짖으며 뛰어왔다.

경기장 스텝들에게 제지당하자 경기장 밖으로 나와서 여기까지 달려온 것이었다.

주디는 기자들을 해치고 들어가 이신에게 이르렀다.

그녀를 제지하려는 매니저들을 왕춘 감독이 만류했다.

"놔둬도 돼."

왕춘 감독은 주디를 한눈에 알아본 것이다.

"선생님!"

주디는 이신을 붙들고 흔들었다. 그녀는 울먹이는 목소리로 구급대원들에게 물었다.

"많이 심각한가요?"

"호흡도 평온하고 아무런 증상도 없는 걸로 보아 심각한 문제가 있어 보이지 않습니다. 하지만 병원에 가서 진단을 받아야 합니다. 이제 좀 비켜주십시오."

"저도 갈게요!"

이신이 구급차에 실렸고, 주디도 따라 올라탔다.

왕춘 감독과 코치도 따라 올라탔다.

그런데 바로 그때였다.

"으음……."

신음과 함께 이신이 눈을 떴다.

"서, 선생님?"

"카이저?"

모두들 깜짝 놀랐다.

이신이 깨어난 것이다.

정신을 차리자마자 이신은 주위를 둘러보았다.

그러고는 눈시울이 붉어져 있는 주디와 마주쳤다.

"여긴 어디야?"

"구급차 안이에요. 병원으로 출발하려던 참이었어요."

"출발하지 말라고 해."

이신은 몸을 일으켜 세웠다.

다행히 아직 늦지 않았다고 생각한 이신이었다.

*　　　　*　　　　*

경기장의 카메라는 어디를 찍어야 할지 몰라 방황했다.

재경기를 해야 할지 말지 논의하는 관계자들도 비추고, 해설진을 비추기도 했다.

해설진도 재경기인지 판정인지 결론을 기다려야 하는 입장이라, 이 상황에서 딱히 할 수 있는 멘트가 있을 리 없었다.

그러다가 대형화면에 박영호가 비춰졌다.

그러자 모든 관중의 시선이 집중되었다.

박영호는 늘 그랬듯 컴퓨터 인공지능을 상대로 게임을 하며 손을 풀고 있었다.

아무 일도 없었다는 듯이.

이신이 곧 돌아올 거라는 것을 믿고 3세트를 준비했다.

이 난리통에서도 묵묵히 자신의 할 일을 하는 박영호의 모습은 묘한 감동을 불러일으켰다.

─아, 러너는 카이저가 돌아오기를 묵묵히 기다립니다.

─아까 부스 밖으로 나와 무슨 일이 생긴 건지 알아보는 모습도 보였는데요, 러너의 판단은 3세트를 준비하는 일이었습니다.

─예, 선수가 할 수 있는 일은 그것밖에 없죠.

─저희도 소식이 더 들어오는 대로 바로 알려드리도록 하겠습니다.

*   *   *

"문 열어."

제정신이 들자 이신은 통역 반지에 마력을 넣어 영어로 말했다.

상체를 일으킨 이신을 여러 사람이 뜯어말렸다.

"일단 병원부터 가시지요."

왕춘 감독이 권유했다.

"그래요, 선생님! 방금 쓰러지셨잖아요!"

주디가 애가 타서 말했다.

"비켜, 난 멀쩡해."

이신은 단호했다.

실제로도 멀쩡했다.

쓰러졌을 때 어디 부딪쳐서 다쳤을까봐 치유의 힘도 한 번 써서 온몸을 깨끗하게 정화시킨 뒤였으니까.

세상 누구보다도 건강한 상태인 이신은 말리는 사람들이 답답했다.

"금메달이 당신의 건강을 포기할 정도로 중요한 건 아니잖습니까."

왕춘 감독이 타일렀다.

이신은 피식 웃었다.

"그런 금붙이 따위는 집에도 많습니다."

세상에서 오직 이신만이 할 수 있는 소리였다.

"상대가 기다리고 있습니다. 팬들도. 그거면 됩니다. 내가 가야 하는 이유는 그걸로 충분해."

이신은 자리에서 일어섰다.

직접 구급차의 문을 열고서 밖으로 나왔다.

"어?"

"카이저다!"

"깨어났어!"

"휴, 다행이군. 심각한 건 아닌가 봐."

"사람 간 떨어지게 하는군."

찰칵찰칵!

기자들이 득달같이 모여서 카메라를 들이댔다.

플래시가 터져 나와 이신은 눈살을 찌푸렸다.

"몸은 괜찮으신 겁니까?"

"평소에 어떤 지병이 있으셨던 겁니까?"

"경기는 할 수 있습니까?"

질문이 쏟아졌다.

누가 말릴 틈도 없이, 이신은 고개를 끄덕이며 말했다.

"멀쩡합니다. 경기는 바로 속행되어야 합니다."

이신의 발언은 실시간으로 속보가 되어서 일파만파 퍼져나갔다.

따라 내린 왕춘 감독이 한숨을 쉬며 말했다.

"일단 간단한 진찰이라도 받아봅시다."

이신은 고민했지만 이내 고개를 끄덕였다.

구급대원 하나가 청진기로 간단하게 이신을 진찰했다.

"특별한 증상은 보이지 않습니다. 최근 무리하셨습니까?"

"밤새운 탓에 피곤했습니다."

이신은 대충 대꾸해 주었다.

구급대원은 고개를 끄덕였다.

"큰 이상은 없어 보입니다. 하지만 꼭 정확한 검진을 받아보셔야 합니다."

"예."

통역을 통해 이 대화를 들은 왕춘 감독은 코치를 시켜서 경기장 관계자에게 이 사실을 전달케 했다.

[이신 금세 깨어나]
[깨어난 이신 "경기 속행돼야"]
[이신 금방 회복 "큰 문제 아냐"]

속보가 다시 떠오르기 시작했다.

이윽고 이신은 경기장으로 돌아가고자 했다.

하지만 옮기려던 발걸음이 잠시 멈췄다.

그의 발길을 붙잡는 사람이 있었다.

그가 쓰러졌을 때 가장 슬퍼하며 달려왔고, 깨어났을 때 눈물 어린 얼굴로 가장 먼저 반겨준 사람.

정신을 차렸을 때 여러 사람 중 가장 먼저 그의 시선에 들어온 사람.

이신은 돌연 뒤돌았다.

구급차로 돌아가, 아직 그곳에 쪼그려 앉아 고개를 숙이고 있는 주디를 바라보았다.

눈물로 망가진 얼굴을 보이고 싶지 않아 고개를 숙이고 있던 주디는 코앞에 있는 이신의 기척을 알아차리고 서서히 얼굴을 들었다.

"……!"

역시나 이신이 눈앞에 있었다.

깨어나자마자 경기를 먼저 생각했고, 승부를 치르러 곧장 떠날 줄 알았던 그 남자가, 아직 떠나지 않고 이곳에서 자신을 바라보고 있었다.

이신은 웃었다.

보기 드문 따스한 미소였다.

"…선생님?"

이신은 검지로 주디의 눈가에 묻은 눈물 자국을 닦아주었다.

평생 치열한 싸움에 써왔던 그 손끝의 감촉이 눈가에서, 뺨에서 느껴졌다.

"네가 그러고 있으면, 내가 갈 수가 없잖아."

주디는 왈칵 차오르는 어떤 감정을 느꼈다.

눈을 마주보고 있을수록, 따스한 미소와 손길을 느낄수록, 감정은 뜨거워졌다.

도저히 이 남자를 가만 놔둘 자신이 없었다.

두 손을 뻗어 이신의 옷깃을 잡고 살짝 당겼다.

가볍게 당겼음에도 이신은 저항 없이 끌려왔다.

"오오!"

다음 순간에 벌어진 두 사람의 모습에 그 자리에 있던 모두
가 놀라워했다.

구급대원들은 웃음으로, 왕춘 감독은 절레절레 내저으며 짓
는 쓴웃음으로, 기자들은 플래시 세례로 두 사람을 축하했다.

                    *   *   *

"와아아아아아!!!"

"카이저! 카이저! 카이저!"

"카이저! 카이저!"

수만 관중이 뜨거운 열광으로 카이저를 연호했다.

―카이저가 돌아왔습니다! 큰일이 벌어진 게 아닌가 싶었는
데, 다행히 별다른 이상이 없었다고 합니다.

―정밀 검진을 받아봐야겠지만, 일단은 과로가 원인인 것으
로 추정된다고 합니다. 무사히 무대에 돌아와서 정말 다행입
니다.

―카이저는 만류하는 걸 뿌리치고 경기 속행을 강력히 요
청했다고 합니다. 기다려 주는 관객 여러분의 기대를 저버릴
수 없었던 겁니다!

그랬다.

카이저가 무대로 돌아온 것이었다.

무대에 올라온 이신은 부스에 들어가기 전에, 관중을 향해

한 번 고개를 숙여보였다.

그러고는 박영호가 있는 부스를 향해서도 또다시 정중히 고개를 숙였다.

기다려준 관중과 상대에 대한 사과였다.

관중들이 너도나도 일어나 박수를 치기 시작했다.

―하하하하, 정말 여러 가지로 대단한 선수입니다.

―e스포츠가 낳은 최고의 슈퍼스타가 누군지 짧은 시간에 다시 느꼈습니다.

―하지만 지켜보는 팬 여러분들께는 짧은 시간이 아니었지요? 자, 마침내 기다리셨던 3세트가 시작되려 합니다!

3세트가 시작되었다.

이신은 머릿속이 복잡했다.

'스텔스 전투기를 쓰려고 했었는데 안 되겠군.'

본래 3세트 계획은 2―0으로 궁지에 몰린 박영호를 스텔스 전투기 견제로 괴롭히는 것이었다.

멘탈을 계속 건드려서 무너지게 만들려는 이신의 심리전!

하지만 이신이 쓰러지는 일이 벌어지면서 분위기가 환기되었다.

연패로 몰려 있었던 박영호의 멘탈이 다시 리셋된 것이다.

심리전에서도 중요한 것은 타이밍.

이미 타이밍을 놓쳤다고 생각한 이신은 처음부터 다시 시작하기로 했다.

'일단은 정석이다.'

더 불리한 쪽은 이신이었다.

마계에서 서열전을 치른 탓에 흐름이 끊겨서 다시 감을 끌어올려야 했다.

다행히 하루 안에 끝나고 돌아와서 별문제는 없었지만, 계속 이어가던 결승전 승부의 긴장감이 사라져 버려서 다시 집중할 필요가 있었다.

그러기 위해서는 일단 안전한 정석으로 플레이해 실전 속에서 감을 찾아야 했다.

그런데 박영호는 정석적으로 싸워줄 생각이 별로 없어 보였다.

—오오! 러너가 모험을 합니다!

—카이저를 상대로 심리전을 걸었어요!

박영호가 초반부터 바퀴를 대량으로 생산하기 시작한 것이다.

일찌감치 올인 전략으로 끝내 버리겠다는 의도였다.

바퀴 6마리를 계속 이리저리 돌리면서 이신의 정찰을 말끔하게 커트.

그러면서 더 많은 바퀴는 다른 지역에 숨겨놓아서 이신으로 하여금 바퀴 올인의 의도를 모르게 했다.

박영호의 심리전은 계속되었다.

바퀴 6마리가 돌연 이신의 앞마당으로 파고든 것은 고의적인 무리수였다.

기습적으로 파고들어서 앞마당에서 자원 채집하던 건설로봇들을 사냥하려는 시도!

그러나 이신은 귀신같이 바퀴들의 타깃이 된 건설로봇을 클릭해 위로 대피시켰다.

다른 건설로봇을 노렸지만, 그 또한 잽싸게 도망가는 바람에 체력이 아슬아슬하게 깎였음에도 죽지 않았다.

"오오오!!"

"역시 카이저!"

건설로봇을 단 1기도 잃지 않은 이신의 반사 신경과 컨트롤에 관중석에서 탄성이 터져 나왔다.

동시에 본진 출입구를 지키던 보병들이 우르르 내려와 총을 쐈다.

―투타타타타타!

―키엑!

―키에엑!

곧바로 바퀴를 빼고자 했지만 보병 2기가 퇴로를 교묘하게 막고 있었다.

한 번 파고든 바퀴를 그냥 온전히 돌려보낼 생각이 없는 이신의 센스 넘치는 디펜스였다.

박영호는 아무런 소득 없이 바퀴를 5마리나 잃고 말았다.

―건설로봇을 한두 기 잡고 빠져나왔으면 멋진 성과였을 텐

데, 카이저의 디펜스가 너무 좋았습니다.

─방금 쓰러졌다가 일어난 사람 맞나요? 손은 더없이 빠르고 정확합니다!

─하지만 러너는 고의적으로 방금 공격에 모든 바퀴를 다 동원하지 않았습니다. 일부만 투입했는데 이건 러너가 카이저에게 던진 미끼일 수가 있습니다.

─아! 그렇죠. 카이저가 방금 거둔 이득 때문에 러너에게 바퀴가 별로 없다고 생각했다간 큰 낭패를 볼 수 있는데요?

바로 그것을 노린 것이었다.

그 뒤로 박영호는 고작 3마리의 바퀴만 보여주면서 이신의 앞마당에 기웃거렸다.

그리고······.

─나갑니다! 카이저가 일단의 병력을 이끌고 러너를 압박하러 떠났어요!

─보병 12기와 의무병 2기! 러너가 있는 7시를 향해 내려가는데요?!

그 순간,

"오오오오!"

박영호는 지금 순간을 위해 숨겨두었던 바퀴 떼로 이신을 덮쳤다.

남하하던 보병들을 옆구리에서 들이받는 바퀴 떼!

─키엑! 켁!

—으악!

—으아악!

거칠게 몰아치는 바퀴들에게 보병들이 속수무책으로 죽어 나갔다.

이신은 아차 싶었다.

쓰러졌다가 깨어난, 실제로는 마계에서 이제 막 돌아온 이신에게 박영호는 가차 없이 날카로운 승부수를 펼친 것이다.

보병은 전부 잡아먹혔지만, 이신은 의무병 2기라도 빼내는 데 성공했다.

의무병 2기는 추가 생산된 화염방사병 2기와 합류하여서 쫓아오는 바퀴들에게 맞섰다.

화염방사병은 화염을 뿌려 범위 공격을 펼치므로 잘 싸우면 바퀴들을 삽시간에 학살할 수 있다.

하지만 박영호는 엄청난 집중력을 보여주었다.

화염방사병과 거리가 가까워지자, 그 순간 바퀴들이 뿔뿔이 흩어져 버린 것.

그러고는 다시 한데 모이면서 화염방사병을 삽시간에 에워싸 버렸다.

—으악!

—키엑!

계속해서 바퀴들이 계속 뿔뿔이 산개했다가 사방에서 에워싸는 움직임으로 다른 화염방사병마저 단숨에 죽여 버렸다.

의무병 2기가 붙어서 치료해 주고 있었음에도, 박영호가 받은 피해는 바퀴 3마리에 불과했다.

추가 생산된 바퀴들이 계속 달려왔다.

이신은 앞마당의 통제사령부 건물을 들어 올렸고, 건설로봇들도 모두 대피시켰다.

건설로봇들은 본진 출입구에 서서 소수의 추가 생산된 보병과 함께 필사적으로 본진을 사수했다.

하지만 박영호의 바퀴 떼는 계속해서 몰려와서 온몸으로 블로킹하는 건설로봇들을 1기씩 죽여 나갔다.

죽을 것 같은 건설로봇을 다른 건설로봇들로 수리하는 이신의 컨트롤도 예술이었지만, 계속 몰아치는 박영호의 공세에는 도리가 없었다.

이신은 고개를 휘휘 젓고는 GG를 선언했다.

*　　　*　　　*

그것은 박영호가 준비했던 노림수였다.

2세트에서도 이신은 정석적인 빌드오더로 출발하고, 철통같이 수비하면서 병력을 모은 뒤 충분히 모인 군대를 끌고 진출했다.

그러고는 이를 분쇄하기 위해 박영호가 준비한 전략에 대해 카운터펀치를 날린다.

한마디로 디펜스―카운터의 콘셉트였던 것이다.

이신이 마음먹고 수비를 하니 박영호로서는 찌를 곳이 없었고, 타개책을 꺼내드니 기다렸다는 듯이 그 카운터를 치며 수 싸움에서도 우위를 보였다.

그렇다고 박영호도 똑같이 수비적으로 운영하며 장기전을 가자니, 1세트 때와 마찬가지로 결국은 괴물이 인류에게 패배하고 마는 결말에 이를 뿐이었다.

2세트가 끝났을 때까지만 해도 박영호는 핀치에 몰린 상태였다.

1, 2세트 연속으로 노림수를 읽히고 카운터를 맞았기 때문에 뭘 해도 자신이 없었던 것이다.

만약에 그 직후에 3세트가 정상적으로 시작되었더라면, 박영호는 지금처럼 과감한 올인 전략을 펼치지 못했을 것이다.

'사람 아픈 게 좋아할 일은 아니지만, 나로서는 다행이었어.'

박영호는 안도했다.

이신이 쓰러진 해프닝이 발생한 동안 박영호는 침착하게 3세트를 준비했다.

덕분에 2세트와 똑같은 상황이 벌어지면 아예 초반 올인으로 때려눕혀 버리자고 굳게 마음을 다잡을 시간적 여유를 얻었다.

무너지려는 멘탈을 다잡고 3세트에 임한 박영호에게, 이신은 2세트와 똑같은 1병영 더블 빌드를 꺼낸 것.

시간이 지나면 이신이 철통 방어를 펼쳐서 파고들 수 있는 모든 여지를 다 막아버릴 걸 알고 있었기 때문에, 박영호는 가차 없이 바퀴 올인으로 승부를 내버렸다.

'컨디션이 안 좋구나, 역시.'

자신이 던진 미끼에 걸러든 이신을 보고 박영호는 알 수 있었다.

2세트까지 박영호의 노림수를 모조리 꿰뚫어보았던 날카로운 감각이 무뎌졌다는 뜻이었다.

그럴 수밖에.

정신을 잃었다가 깨어나자마자 경기를 치렀는데 이신의 컨디션이 정상일 리가 없었다.

그렇다고 박영호가 양심의 가책이나 배려심을 느끼는 것은 아니었다.

'미안하지만 난 상처가 보이면 더 후벼 파는 놈이야.'

승리를 향한 끝없는 집념.

박영호는 벼랑 끝에서 찾아온 역전의 실마리를 전혀 놓칠 생각이 없었다.

이신이 건강 문제로 컨디션이 좋지 않다면, 그 점을 철저히 공략하는 것이야말로 프로로서의 박영호의 본분이었다.

4세트 맵은 신의 귀환.

이신의 복귀를 기념하여 SC코퍼레이션에서 제작한 2인용 맵이었다.

4세트에서 쓸 전략은 이미 SC스타즈의 전략 연구팀과 상의
하여 짜놓은 상태.

하지만 박영호는 그것을 갈아엎었다.

'운영 싸움을 하고 싶다 이거지?'

이곳에서 이신을 이기려면 어떻게 해야 하는지 박영호는 확
신이 들기 시작했다.

                    *   *   *

같은 시각, 이신도 4세트 전략 때문에 고민하고 있었다.

원래 4세트 맵 신의 귀환에서 준비한 전략은 8병영 치즈 러
시 후, 2항공 스텔스 전투기였다.

한 번 가볍게 치즈 러시를 시도해서 박영호가 방어로 일벌
레를 동원하게 만든다.

그 일벌레를 되도록 많이 잡아 손해를 입힌 채 시작한다.

그 직후 고속전차를 찔러 넣어서 다시 한 번 견제.

그러고서 항공정거장 2채를 짓고 스텔스 전투기를 뽑아서
제공권 장악 및 견제.

1, 2, 3세트까지는 방어적으로 했으니, 4세트에서는 공격성
이 투철한 운영을 펼치려 했던 것이다.

이신이 사전에 미리 구상한 시나리오에 따르면, 4세트까지
왔다면 스코어는 2—1로 유리한 상황이어야 했다.

박영호의 엄청난 역량과 정찰 운 등의 변수에 의해 1패를 하긴 했지만 여전히 승리를 목전에 둔 여유로운 상황일 거라고 상정했다.

일단은 시나리오대로 2—1로 4세트까지 오긴 했다.

하지만…….

'결코 여유로운 상황이 아니지.'

스코어는 여전히 리드하고 있지만, 정신적으로 여유가 있느냐 하면 그건 아니었다.

마계에서 서열전을 치르고 오느라 다전제 대결의 집중력이 흐트러진 상태.

1, 2세트부터 이어왔던 심리전과 기 싸움의 맥을 놓친 탓에, 3세트는 도리어 심리적으로 박영호에게 압도당했다.

다전제 불패 신화의 이신의 시나리오에 '중간에 마계에 불려간다'는 내용은 없었다.

심지어 서열전 패배 리스크까지 당해 현실 세계에서 난리가 벌어진다는 시나리오는 더더욱 없었다.

'이 타이밍에 2인용 맵에서 치즈 러시는 너무 뻔해졌다.'

아직 스코어를 리드하고 있을 때, 한 번쯤 치즈 러시를 걸어본다?

이는 누구나 생각할 수 있는 발상이다.

심지어 박영호는 이신의 컨디션이 극히 안 좋다고 확신하고 있으며, 실제로도 그러했다.

컨디션이 안 좋으니 되도록 일찍 승부를 내고 싶어 할 지도 모른다고 박영호도 예상할 터.

'역시 정석밖에 떠오르지 않는군.'

2세트, 3세트와 마찬가지로 평범하게 출발하고, 철저한 방어를 갖춰나가며 장기전을 지향한다.

박영호의 노림수를 찾아내 하나둘 분쇄하며 장기전을 만들면, 유리한 쪽은 단연 인류였다.

신의 귀환은 자원이 많지 않은 맵이라 더더욱 장기전에서 괴물이 고사(枯死)당하기 쉬웠다.

3세트 같은 올인 전략만 주의하면 무난하게 이길 수 있으리라 생각되었다.

'바퀴 올인을 또 시도하기에는 너무 노골적이지.'

*　　　*　　　*

4세트, 신의 귀환.

이신은 평범하게 병영을 짓고 앞마당에 확장 기지를 구축했다.

앞마당은 병영과 군량고 2채로 심시티를 이루었다.

하지만 반면에 박영호는 상당히 공격적인 빌드 오더로 시작했다.

광산과 수정관을 먼저 짓고, 그다음에 앞마당 확장 기지를 가져갔다.

그렇게 해서 일찌감치 뽑은 바퀴 6마리가 부지런히 움직이며 이신의 정찰을 커트하기 시작했다.

—그랑프리 중계를 하면서 느끼는 것이지만, 중요한 경기일수록 첩보전이 정말 치열합니다.

—예, 그렇습니다. 특히 저 카이저를 상대로 승리한 보기 드문 사례들을 살펴보면, 카이저의 정찰을 철저하게 차단하는 것은 물론이고 오히려 그 정찰을 역이용해 치밀한 속임수를 썼던 경우가 많았습니다. 그 정도까지 해야 카이저를 이길 수 있다는 겁니다.

—앞선 3세트에서도 러너가 바퀴의 숫자를 숨기고 미끼를 던져서 멋지게 카이저를 속여 냈었죠. 그런 플레이가 한 번 더 나와야 합니다, 러너!

박영호가 바퀴를 뽑은 것을 확인한 이신은 심시티를 해놓은 앞마당 통로에 수비용으로 건설로봇을 1기 더 세워놓았다.

6마리의 바퀴로 아무런 소득을 못 보게 만들면, 이신이 보다 자원적으로 부유한 출발을 할 수 있게 되는 셈이었다.

실제로 바퀴들이 한 번 심시티의 빈틈을 파고들며 난입을 시도했지만, 건설로봇의 블로킹과 보병들의 사격에 의해 저지되었다.

—키엑!

—켁!

바퀴 2마리를 잃고서 박영호는 조용히 거리를 두고 한 걸음 물러났다.

—일단 출발이 좋습니다, 카이저. 안전하게 심시티를 해놓은 채, 기갑정거장을 지으며 순조롭게 테크 트리를 올립니다.

—오, 그런데 러너의 빌드 오더가 범상치 않은데요?

박영호가 본진에 짓고 있는 건물은 다름 아닌 독침충 둥지였다.

—쐐기충을 뽑아서 견제를 하는 것이 일반적인 패턴이고 인류도 그걸 가장 까다로워하는데, 러너는 쐐기충이 아니라 독침충을 택했습니다.

—독침충을 촉수충으로 변태시킨 후에 일찌감치 공격을 펼치겠다는 뜻입니다. 부화실도 여전히 2채뿐! 이건 올인이에요!

—가난한 출발을 한 러너이기 때문에 이 노림수가 실패하면 승부가 거의 기운다고 봐야죠?

—하지만 아직까지 괜찮습니다. 바퀴들이 계속 앞마당 앞에서 얼씬거리며 카이저가 정찰을 보내지 못하게 하고 있어요.

—이렇게 되면 카이저는 정찰보다는 레이더가 개발되면 러너의 체제를 확인하려 할 겁니다. 하지만 그때가 되면 늦죠! 러너의 공격은 그전에 시작될 테고요!

그런데 그때, 이신이 건설로봇 2기를 정찰에 투입했다.

1기가 앞서서 밖으로 나와 바퀴들을 유인했다.

그 틈을 타 다른 1기가 쏜살같이 밖으로 빠져나갔다.

"오오!"

관중석에서 가벼운 탄성이 터져 나왔다.

바퀴들을 유인한 건설로봇은 임무를 완수하고는 도로 안으로 돌아갔다.

재치 있게 건설로봇 1기를 밖으로 빼낸 이신은 그대로 박영호의 진영으로 달려갔다.

바퀴들도 그제야 그 건설로봇을 쫓아오며 어떻게든 정찰을 저지하려 들었다.

부화실만 퍼진 채 자원 캐는 일벌레는 1마리도 없는 앞마당만 봐도, 이신은 박영호가 무언가 올인을 노리고 있다는 걸 알게 된다.

때문에 바퀴들은 그야말로 열심히 달리며 건설로봇과 술래잡기를 했다.

계속 따라붙으며 한두 대씩 대미지를 넣는 바퀴들이나, 이를 요리저리 피해 다니며 계속 움직이는 건설로봇이나 진땀 흘리게 만들기는 마찬가지였다.

마침내 박영호의 진영에서 독침충 3마리가 생산되었다.

독침충이 건설로봇에게 발견되면 끝장이었다.

박영호는 약간 생각을 바꿨다.

바퀴들이 건설로봇을 북쪽으로 조금씩 몰아갔다. 약간이라도 더 멀리 우회하게 만드는 것이었다.

그 틈을 타서 독침충 3마리는 밖으로 나와서 남쪽으로 내려갔다.

아슬아슬한 차이로 건설로봇은 독침충들을 보지 못하고 그냥 지나쳤다.

ー아아! 못 봤습니다!

ー러너의 순간적인 재치였습니다! 저걸 못 보면 일단 올인인 걸 알아도 바퀴랑 같이 오는 게 독침충인지 쐐기충인지 모르죠!

건설로봇은 박영호의 앞마당만 확인한 채, 뒤이어 생산된 바퀴들에게 둘러싸여 죽었다.

하지만 앞마당에 일벌레가 없는 것을 본 이신은, 즉각 자신의 앞마당 통로에 참호를 짓기 시작했다.

ー카이저도 위험한 낌새를 알아챘습니다!

ー참호를 지어 디펜스를 보강하면서, 기갑정거장도 추가로 짓습니다!

ー그리고 러너도 마침내 칼을 뽑아듭니다!

대량생산된 바퀴 떼가 일제히 달렸다.

맵 중앙에서 약간 남쪽에 치우친 곳에서도 독침충 3마리가 촉수충으로 변태를 완료했다.

이신은 완성된 레이더로 박영호의 본진을 찍어보았다.

그제야 확인되는 독침충 둥지!

독침충+바퀴 올인 러시임을 깨달은 순간, 박영호의 공격이 시작되었다.

—키엑! 켁!

—촤촤촤촤악!

바퀴들이 앞에서 건물을 때리고, 뒤이어 땅속에 들어간 촉수충이 있는 힘껏 촉수를 뻗었다.

—퍼어엉!

군량고 1채가 삽시간에 파괴되고, 그 뒤에 있던 참호도 촉수에 같이 긁혀서 불타올랐다.

건설로봇들이 일제히 붙어 수리하기 시작했지만, 촉수충과 바퀴 떼도 가만히 있지 않고 진격했다.

—촤촤촤악!

—퍼엉!

—으악!

—키엑!

—투타타타타타!

이리저리 뒤엉킨 격전이 펼쳐졌다.

때마침 생산된 기동포탑이 싸움에 합류했다.

건설로봇들이 춤을 추며 블로킹을 하지만, 촉수충들의 촉수에 의해 계속 피해가 속출했다.

그래도 가까스로 막아지나 싶었을 즈음이었다.

"와아아아아!!"

추가 생산된 바퀴들이 합류했다.

끈질기게 막아내는 이신의 초반 디펜스 능력은 확실히 대단했다.

하지만 계속해서 합류하는 바퀴들도 박영호의 집요한 공격을 대변했다.

—꾸엉!

—꾸어엉!

그 와중에 촉수를 피해 다니며 촉수충을 잡는 보병 컨트롤은 관객들의 탄성을 자꾸만 자아냈다.

하지만 계속 나타난 바퀴들에 의하여 그나마 저항하던 보병들도 전멸.

1마리밖에 안 남은 촉수충과 바퀴 떼가 함께 본진으로 돌입했다. 박영호도 처절하긴 마찬가지였다.

—Kaiser: GG.

이신의 GG 선언이 뜬 순간, 박영호는 두 주먹을 불끈 쥐고 승리의 희열을 드러냈다.

"아자!!"

박영호의 외침!

—러너!! 초인적인 카이저의 디펜스를 끝끝내 뚫어내고 승리를 쟁취했습니다. 2대 2! 스코어가 이제 2—2입니다!

—연패의 벼랑에서 일어나 기어코 승부를 5세트까지 끌고 갔습니다! 정말 러너도 대단합니다! 지독한 투혼입니다!

2연속 올인.

1, 2세트의 운영 대결에서 연패하고는 3, 4세트 모두 운영보다 올인을 시도했다.

박영호가 체면 불구하고 그토록 우악스럽게 연속 올인으로 덤벼들 줄은 이신도 미처 예상치 못했던 것이었다.

그렇게 승부가 원점으로 돌아온 가운데, 마지막 5세트가 두 사람을 기다리고 있었다.

이신은 어쩌면 이번 금메달을 놓치는 사태가 벌어질 지도 모른다는 불길한 예감을 느꼈다.

*　　　　*　　　　*

"작년 그랑프리 개인전 결승전을 기억하나?"

왕춘 감독이 물었다.

코치는 고개를 끄덕였다.

"물론이죠. 러너와 엔조의 대결이었잖습니까."

"그날은 러너에게 큰 치욕이었을 거다."

"그랬겠죠."

그때의 스코어 결과는 3—1.

내용적 측면에서 더 처참했다.

운영 싸움에서 3패.

4일벌레 초반 러시로 간신히 1승.

운영 능력을 겨뤄 모두 지고, 치즈 러시로 간신히 한 번 이겼다는 것은 확연한 실력 차이를 뜻했다.

실제 러너의 역량을 생각하면, 그런 결과는 도저히 인정할 수 없는 치욕이었으리라.

치즈 러시나 올인은 프로게이머 사이에서 그런 인식이 있었다.

실력이 모자란 쪽이 강한 상대에게 시도하는 것.

그런 아픔을 맛봤던 러너는 전보다 더한 괴물이 되어 나타났다.

엔조 주앙을 3-1 스코어로 똑같이 되돌려 주었다.

아마드 부티아를 동족전에서 짓밟아 버렸다.

그런 러너가 결승 무대에서 넘고 싶은 상대인 카이저를 상대로 연속 올인 플레이를 한 것이다.

운영 대결에서 2연패를 하더니, 쓰러졌다가 깨어나는 등 컨디션이 안 좋은 카이저를 상대로 2연속 올인.

정말 체면이고 뭐고 전부 집어치워 버리고 지저분하게 덤벼든 것.

그리고…….

"강하다."

"예, 강하죠. 카이저도 러너를 두려워하지 않을 수 없게 되었어요."

네가 뭘 하든 소용없다는 메시지를 던져준 1, 2세트의 우위는 이제 보이지 않았다.

5세트 역시 올인일 수 있다는 경계심이 카이저의 머릿속에 심어졌다.

상대의 올인에 대한 경각심이 생기면, 카이저도 평소처럼 특유의 과감한 플레이를 할 수 없게 된다.

"이단자가 떠오르는군."

"이단자?"

"프레데터(predator)."

"아!"

프레데터는 황병철의 닉네임.

프로리그에서 이신을 상대로 2연승을 거둬 강렬한 인상으로 떠올랐다.

비록 신 대 이단자라는 라이벌 구도는 한국에서만 통하지만, 해외에서도 몇몇 팬은 황병철을 기억했다.

한국에 관심이 많은 왕춘 감독도 그중 하나였다.

"확실히 극단적인 올인성으로 카이저를 몇 번 꺾었죠."

"결국 극단적인 올인이 카이저를 이길 수 있는 길이라고 판단한 모양인데, 러너는."

러너는 전략 연구팀과 함께 준비한 전략을 쓰지 않았다. 즉흥적인 올인으로 4세트를 승리했다.

그것이 카이저에 대항하는 러너의 판단이라는 뜻.

"하지만 프레데터도 결국은 카이저의 상대가 되지 못했다."

초기에 잠시 카이저와의 대결에서 3승 2패로 전적에서 우세를 띠어 유명했던 프레데터.

하지만 결국 그것은 초기에 반짝했던 백중세였다.

결국 카이저는 프레데터의 모든 것을 파악했고, 프레데터가 무엇을 하든지 전부 꿰뚫어보았다.

그래서 프레데터와 카이저의 라이벌 구도는 한국에서나 밀어주었지, 세계 무대에서는 어림없는 프로모션이었다.

그래도 어쩌다 한 번씩 카이저에게 예상 밖의 일격을 선사했던 프레데터의 역량은 폄하할 수 없었다.

왕춘 감독도 개인적으로 프레데터를 높이 평가했다.

은퇴하면 코치로 데려와서 선수들에게 컨트롤과 공격 전술을 전수하게 하고 싶었다.

'이제 공군 프로 팀 입대를 준비하고 있다지?'

제대하면 한 번 잡아봐야겠다고 왕춘 감독은 생각했다.

친정팀인 화성전자에서도 프레데터를 차기 지도자로 내정하고 있을 테지만, 훨씬 더 좋은 대우 조건을 제시하면 그만이었다.

*　　　　　*　　　　　*

5세트 맵은 1세트와 동일한 유혈의 기억.

2연속 올인에 크게 데인 이신이나, 1세트에서 여왕괴물을 준비했다가 호되게 카운터 맞고 진 박영호나 머릿속이 복잡한 건 마찬가지였다.

박영호가 깊이 고민하는 것은 이신이 과연 1세트와 같은 1-1-1 빌드를 쓸 수 있느냐였다.

'올인이 두렵다면 선뜻 쓸 수 없겠지?'

병영, 기갑정거장, 항공정거장을 1채씩 짓고 나서 앞마당 확장 기지를 가져가는 빌드 오더.

항공정거장까지 빠르게 테크 트리를 올린다는 장점이 있어, 상대 괴물의 체제에 따라 주력으로 선택할 수 있는 유닛이 다양했다.

하지만 테크 트리가 무섭게 빠른 만큼 초반에 허약하다.

박영호가 또 바퀴나 독침충, 촉수충 등으로 초반에 올인 러시를 해온다면 불안하다.

본래는 그런 상대의 의도에 맞춰서 고속전차의 비중을 높여 지뢰로 디펜스하는 유연함을 보여야 하는 고난이도의 빌드 오더인 것.

이신이 마음먹기에 달린 문제였다.

박영호의 매서운 올인이 그런 유연한 대응으로 막을 수 있을까?

그렇게 판단한다면 역시나 1-1-1 빌드 오더에 이은 토털 어택이라는 무결점 전략을 꺼내들 터였다.

하지만 그럴 자신이 없다면 역시 정석이 답이다.

비록 3, 4세트 모두 정석을 썼다가 올인에 당했지만, 그게 빌드 오더 탓은 아니었으니까.

이신이 어떤 선택을 하느냐에 따라 박영호의 대응도 달라진다.

컨디션이 좋지 않은 이신은 그 난이도 높고 위험천만한 전략을 소화해 낼 수 있을까?

카이저 본인은 지금 이 순간의 스스로를 어떻게 판단할 것인가?

박영호는 문득 피식 웃었다.

'이 양반이 자기 스스로를 어떻게 판단하냐고?'

너무 쉬운 질문이었다.

박영호는 5세트의 전략을 확정했다.

*   *   *

—금방 끝날 줄 알았던 승부는 우여곡절 끝에 여기까지 와 버렸습니다.

—다사다난했습니다. 2세트에서는 러너 선수가 흐르는 땀을 닦지 못할 정도로 열심히 싸워서 잠시 정지(Pause)를 요청했죠.

—그리고 3세트 시작되었을 때 카이저가 정신을 잃고 쓰러지는 사태까지 발생했습니다. 다행히 큰 문제는 없었던 것 같

아 경기를 속행했습니다만, 여전히 걱정되긴 합니다.

—경기가 끝나면 즉시 병원 가서 진단을 받아야죠. 카이저가 결승전 준비 때문에 너무 무리한 게 아닐까 싶어요.

—적당히 할 줄을 모르는 선수니까요. 그래서 이 자리까지 올라온 것이겠죠.

—그런 집념을 가진 건 카이저뿐만이 아닙니다. 5세트까지 승부를 끌고 온 러너! 그 역시 금메달을 눈앞에 두고 있습니다.

—예, 러너도 패패승승승의 역전승이라는 드라마를 쓸 준비가 끝났습니다.

—어느 쪽이 이기더라도 큰 감동과 여운을 남길 것은 확실합니다. 자, 5세트 시작합니다!

[Kaiser: 인류]
[Runner: 괴물]
[맵: 유혈의 기억]

최후의 대결이 시작되었다.

—카이저의 스타팅 포인트는 5시, 이에 맞서는 러너는 11시에서 시작합니다.

—서로 대각선 거리에서 시작하네요. 치즈 러시나 올인에 대해 가로세로 위치보다 안전합니다.

—하지만 그 생각의 허를 찌르는 경기도 많았죠. 둘 다 방

심할 수가 없습니다.

일단은 양측 모두 생산 유닛을 더 뽑으면서 열심히 자원 채집을 한다.

하지만 인구수가 일정 수준에 다다르자, 양측의 빌드 오더가 결정되기 시작했다.

박영호는 평범하게 앞마당에 확장 기지를 지었다.

그리고 이신은 병영과 함께 광산에 제철소를 동시에 건설했다.

―어, 카이저가 제철소를 일찍 짓습니다. 기갑정거장을 바로 짓겠다는 뜻이죠?

―예, 역시나 기갑정거장에 이어 항공정거장까지 다이렉트로 짓겠다는 뜻입니다. 안드레이 이바노프를 잡아내고, 오늘 1세트에서 러너를 꺾었던 그 전략을 또 쓰겠다는 뜻이죠.

그리고 박영호의 빌드 오더도 눈에 띄었다.

박영호는 대각선 방향으로 정찰을 먼저 보냈다.

그리고 5시에 이신의 진영이 위치한 것을 확인.

서로 위치가 대각선 방면인 걸 확인한순간, 박영호는 과감하게 3번째 부화실을 본진 구석에 지었다.

수정관도, 광산도 없이 부화실만 3채!

이보다 더 부유할 수 없는 빌드 오더였다.

―러너가 정말 과감한 선택을 했습니다. 일단 정찰을 통해 서로의 위치가 대각선 방향이라는 걸 알았죠. 그걸 보자마자

가차 없이 3부화실을 가져갑니다.

　―대각선 방향부터 정찰한 뒤에 3부화실, 빌드 오더가 아주 좋습니다. 즉흥적인 판단이라고 하기에는 정찰 타이밍이 정확했는데, 이건 카이저가 테크 트리에 집중할 것을 예상하고 미리 준비한 듯합니다.

　그랬다.

　이신은 병력이라고는 보병 1기밖에 없었다.

　박영호의 2연속 올인에 당했음에도 불구하고, 과감하게 자원을 아껴가며 테크 트리를 최대한 빠르게 올리는 데 주력한 것이다.

　그리고 박영호는 이신이 그런 결정을 내릴 줄 알았다.

　2연속 올인에 쓴맛 좀 본 정도로 위축되어서 자기 플레이를 못한다?

　그건 게임의 신답지 않았다.

　박영호는 이신을 믿었다.

　이신은 박영호가 본 사람 중 가장 자기 잘난 줄을 아는 작자였으니까.

　―카이저의 정찰이 들어왔습니다만, 러너는 그야말로 배 째라는 식입니다.

　이신의 건설로봇이 본진까지 들어와 정찰했지만, 박영호는 개의치 않았다.

　3부화실 이후로 수정관과 광산을 동시에 올렸고, 일벌레를 꽉꽉 생산해 본진과 앞마당의 자원에 투입했다.

듬뿍듬뿍 자원을 파먹고 있었다.

앞마당을 늦게 가져간 대신 테크 트리를 빨리 올린 이신과 대조적인 모습이었다.

—이렇게 뻔뻔할 정도로 부유하게 출발하는 괴물을 보면, 카이저가 앞마당에 참호 러시를 하는 식으로 응징을 가할 수 있을 텐데요?

참호 러시는 상대의 진영에 참호를 지어서 공격하는 전술을 뜻했다. 종족 별로 캐논포 러시, 촉수탑 러시 등도 있지만 가장 보편적인 전술은 역시 괴물을 상대하는 인류의 참호 러시였다.

하지만 이를 전혀 두려워하지 않는 박영호.

결국 이신도 참호 러시를 시전하지 못했다. 서로 너무 거리가 멀어 보병이 도착하려면 시간이 많이 지체된다.

대신 이신은 건설로봇으로 꼼꼼히 박영호가 어떤 체제를 갖출지 지켜보기 시작했다.

하지만 그나마도 4마리 정도 생산된 바퀴에 의해 차단되었다.

—퍼엉!

건설로봇을 구석으로 몰아서 사냥해 버리는 바퀴들!

—오, 러너의 컨디션이 아주 좋습니다.

—정말 괴물 중에서 가장 컨트롤이 좋은 선수를 꼽자면 역시 올해는 러너입니다. 바퀴로 요리조리 도망치는 건설로봇을

쫓아가 잡는 게 얼마나 번거로운 일인지 알 만한 팬 분들은 다 알 겁니다.

체제를 보여주지 않고 이신의 정찰을 차단한 박영호.

그의 앞마당에 건설된 독침충 둥지를 이신은 보지 못했다.

하지만 이신도 개의치 않았다.

곧바로 막 생산된 첫 스텔스 전투기가 정찰을 하러 출발한 것이다.

더구나 2기까지 생산된 고속전차 역시 지뢰를 매설하며 지상 방어를 하고 있었다.

─카이저도 러너가 독침충 둥지를 지었을 거란 사실을 예상한 눈치입니다.

─하지만 4세트처럼 깜짝 올인을 해올 수도 있습니다. 그걸 파악하려면 지금 출발한 스텔스 전투기의 역할이 매우 중요합니다. 계속 돌아다니면서 주시해야 해요!

스텔스 전투기는 박영호의 본진에 도착하자마자 이리저리 둘러보기 시작했다.

그런데 바로 그 순간이었다.

─히이익……!

─히이이익……!

괴이한 울음을 내며, 독침충들이 생산 완료되었다.

놀랍게도 독침충들은 생산되자마자 각기 사방으로 흩어졌다.

그물망처럼 본진에 들어온 스텔스 전투기를 둘러싼 형국!

순간적으로 번개같이 펼쳐진 박영호의 엄청난 컨트롤이었다.

―칙칙칙칙!

독침충들이 일제히 독침을 발사했다.

스텔스 전투기는 좌우로 곡예를 펼치며 빠져나가려 했지만, 탈출로에도 독침충 1마리가 열심히 달려온 상태였다.

―칙! 칙!

―퍼어엉!

"아!!"

"오오!"

관중석에서 탄성이 터져 나왔다.

―빠져나갈 구멍이 전혀 없었습니다.

―러너의 주특기죠. 1세트에서도 러너는 찔러볼 만한 틈이 한 군데도 없었습니다!

5세트.

출발은 어느 면을 봐도 박영호가 웃는 그림이었다.

박영호의 집중력은 최고조에 이르러 있었다.

제5장
마지막 대결

스텔스 전투기가 박영호의 기지(奇智)로 인해 격추된 상황.

잠시 박영호를 살피던 이신의 눈과 귀가 없어졌다.

박영호는 그 틈을 놓치지 않았다.

독침충들이 일제히 이신의 진영을 향해 진격했다.

진격 루트에 미리 보내 놓은 하늘군주들은 땅속에 매설된 지뢰를 밝혀주고 있었다.

박영호가 짧은 시간에 얼마나 많은 생각을 하고 움직이는 지 보여주는 모습이었다.

9마리의 독침충이 질풍처럼 달렸다.

하늘군주가 밝혀주는 지뢰를 제거하며 속히 전진.

이신 역시 지뢰를 다 매설한 고속전차 1기를 우회시켜서 박영호의 앞마당을 급습했다.

앞마당에 촉수탑 1채가 지어져 있어 대응했지만, 그걸 맞아 가면서 일벌레 1마리를 잡았다.

체력이 아슬아슬할 때, 촉수탑의 사거리 밖으로 숨어드는 데 성공하여서 또 다른 일벌레를 공격했다.

박영호는 공격당한 일벌레를 즉시 본진 쪽으로 대피시켰다. 정확한 클릭과 반사 신경!

더욱이 근처에 있던 일벌레가 달려들어서 체력이 얼마 없었던 고속전차를 공격해 터뜨려 버렸다.

―퍼엉!

고속전차는 일벌레 1마리의 전과만 거둔 채 터졌다.

하지만 이신이 노린 것은 따로 있었다.

박영호의 시선을 앞마당에 들어온 고속전차에 붙잡아 두는 것.

그 사이에 진격하던 독침충들은 지뢰밭에 이르렀던 것이다.

하늘군주가 느린 탓에 독침충이 더 빨리 지뢰밭에 도달한 상황.

―그대로 가면 지뢰에 독침충이 죽습니다!

―카이저가 저걸 신경 못 쓰게끔 만든 겁니다! 상대의 실수를 유도하는 정말 무서운 센스!

―어어!!

관객들도 아찔해졌다.

하지만,

—펑! 퍼엉!

지뢰 2개가 튀어나온 순간, 독침충들은 2점사로 제거해 버렸다.

그랬다.

박영호는 두 군데를 동시에 신경 쓰고 있었다.

일벌레가 고속전차를 처치한 시각, 독침충들은 무빙 샷으로 지뢰밭을 강행 돌파했다.

피해는 전무.

절묘한 타이밍에 찌르고 들어와 실수를 유도한 이신의 플레이도 대단했지만, 박영호의 멀티태스킹과 컨트롤도 더없이 날카로웠다.

이 광경을 지켜보는 전 세계 프로게이머들은 입을 쩌억 벌리고 경악할 수밖에 없었다.

독침충들이 이신의 앞마당에 이르렀다.

이신의 앞마당은 참호 1채가 지어져 수비되어 있었다.

독침충들이 접근한순간, 앞마당에서 일하던 건설로봇들이 용수철처럼 튀어나왔다.

성명절기 같은 이신의 건설로봇 블로킹!

—반응 보십시오! 카이저도 대단합니다!

—일제히 붙어서 공격받는 참호를 수리합니다!

그걸 뚫기란 무리였다.

하지만 박영호도 거기까지 기대하진 않았다.

타깃은 참호를 지키기 위해 튀어나온 건설로봇들이었다.

—투타타타타!

—칙! 칙칙!

참호 안에 있는 보병들이 총을 쐈지만, 독침충들은 그걸 맞아가며 건설로봇을 1기씩 일점사했다.

그 순간,

"와아아아아!!"

"카이저—!"

관객들이 경악과 찬사를 금치 못했다.

공격받는 건설로봇이 참호 안에 들어가 숨었다가, 다시 나와서 뒤로 빠진다.

독침충의 일점사를 받을 때마다, 건설로봇들이 하나씩 계속 그 같은 일을 반복했다.

참호는 4명까지 들어갈 수 있고, 이신은 참호 안에 보병 3명을 넣었다.

남은 한 자리는 지금처럼 건설로봇을 대피시키기 위한 자리였다.

전광석화 같은 컨트롤로 그 같은 플레이를 반복한 이신!

박영호는 독침충 4마리를 잃고 후퇴해야 했다.

이신의 피해는 전무.

단 1기의 건설로봇도 잃지 않고 막아낸 것이다!

─맙소사, 정말 수준 높은 플레이의 연속입니다. 저런 상황은 많이 봤지만, 저런 플레이로 피해를 줄이는 인류 플레이어는 거의 못 봤거든요? 저런 걸 어떻게 저렇게 당연하게 펼칠 수 있는 걸까요?

─여러분이 보시는 저 인류가 바로 카이저입니다! 건설로봇을 단 1기도 안 잃다니, 하하하.

그뿐만이 아니었다.

공격받기 전에 은밀히 밖으로 빼돌려 놓은 고속전차 1기가 있었다.

그 고속전차는 독침충들의 퇴로에 지뢰를 매설했다.

─세상에, 저것까지 계산에 두고 고속전차를 빼놓은 거 보십시오! 저 많은 생각을 어떻게 그 짧은 시간 안에 다 끝낸 건가요?!

─그래서 두 선수 모두 이 자리에 있는 것이죠.

애석하게도 이신의 야심찬 함정은 통하지 않았다.

박영호는 퇴각할 때도 하늘군주를 대동한 채 지뢰가 있는지 다시 한 번 살폈으니까.

이미 한 번 지뢰밭을 뚫고 온 자리라도 다시 한 번 살펴보는 것.

이신과의 일전을 준비하면서 박영호가 심혈을 기울여 노력한 플레이 중 하나였다.

—완벽한 공방을 펼치고 있는 양 선수! 여기까지의 국면을 어떻게 보십니까?

—멋진 플레이로 디펜스를 한 것은 좋았지만, 현 시점에서 불리한 쪽은 누가 봐도 카이저입니다. 워낙에 러너가 부유하게 시작했고, 아직 카이저가 진출할 준비가 안 된 틈을 타서 확장 기지를 하나 더 가져가고 있죠.

—러너가 금메달에 좀 더 다가가고 있는 걸까요?!

—아직 속단하긴 이릅니다. 카이저도 병력을 꾸준히 모으고 있는데요, 그 병력이 진출했을 때 순회공연을 다니며 얼마나 소득을 거두는지 봐야 합니다.

그때, 박영호가 또다시 움직였다.

쐐기충 2마리와 다수의 폭탄충 떼가 이신의 진영으로 향하고 있었다.

—러너가 카이저의 전술위성을 격추시키러 갑니다.

—촉수충 위주로 병력을 모으고 있으니, 전술위성을 줄여주기만 해도 시간을 벌 수 있죠.

—그런데 저 쐐기충은 뭘까요? 2마리밖에 없는데요?

—저건…… 아!

쐐기충 2마리를 굳이 뽑은 이유가 곧 밝혀졌다.

폭탄충들이 전술위성을 위협했다.

2기의 전술위성은 참호나 생산된 보병들이 모인 곳으로 피했다.

그런데 그때, 쐐기충 2마리가 앞마당을 타격했다.

—쐐액!

—펑!

—쐐애액!

—퍼엉!

쐐기충이 공격할 때마다 건설로봇이 1기씩 터졌다.

2마리밖에 없는 쐐기충이 어떻게 일격에 건설로봇을 하나씩 잡는 걸까?

이유는 하나.

아까 독침충에게 일점사를 당할 때마다 참호에 숨어서 피한 건설로봇들이었다.

체력이 간당간당했던 건설로봇들을 기어코 쐐기충 2마리를 투입해 마무리한 것이다!

비록 진짜 목표였던 전술위성은 격추시키지 못했지만, 박영호는 건설로봇을 5기나 처치하는 전과를 거두고 떠났다.

박영호의 피해라고는 보병들에게 격추된 폭탄충 2마리에 불과했다.

—말이 안 나옵니다. 정말 기가 막힌 플레이입니다.

—저걸 잡자고 쐐기충 2마리를 투입하는 센스라니! 게다가 저 쐐기충은 나중에도 얼마든지 써먹을 수 있죠. 피의 저주를 묻힌 전술위성을 격추시킬 때 유용하고요.

—그러면서 러너는 확장 기지를 또 하나 가져갑니다! 이제

좌시해서는 안 됩니다, 카이저! 움직여야 해요!

승리, 그리고 금메달을 향한 박영호의 강력한 집념은 세심하고 완벽한 플레이로 나타나고 있었다.

하지만 대형화면에 비치는 이신의 표정은 여전히 침착했다.

보병, 의무병, 화염방사병.

고속전차와 기동포탑.

전술위성들과 항공수송선 1척.

토털 어택을 위한 준비가 이제 막 끝난 참이었다.

―드디어 카이저의 턴이 돌아왔습니다.

―카이저가 움직입니다! 확장기지 숫자 차이가 너무 납니다. 여기서 반드시 성과를 거두어야만 합니다.

이신의 진격이 시작되었다.

전술위성들이 앞장서서 움직이며 매복한 촉수충이 없나 살핀다.

고속전차 또한 좌우로 다니며 적이 우회 침투해올 수 있는 길목에 지뢰를 매설해 둔다.

항공수송선도 언제든 병력을 싣고서 적의 급소를 찌를 준비가 되어 있었다.

모든 유닛이 각자의 역할을 하며 세심하게 움직였다.

그리고 그들의 사령관은 게임의 신 이신.

이 시간대에 나올 수 있는 인류의 가장 완벽한 어택이 시작되려 했다.

박영호 또한 기다리고 있었다.

이신의 토털 어택에 대한 박영호가 내린 결론은 바로 이것.

—괴물도 어마어마한 군세입니다!

—제대로 한판 붙을 생각입니다, 러너. 지금껏 자원을 풍족하게 먹으며 쌓아놓은 괴물 군단입니다. 괴물주술사까지 나온 상태라 완벽하죠!

너무 오래 걸렸다.

결승전 5세트까지 온 끝에야 박영호는 완벽한 정답을 찾았다.

훨씬 더 풍부한 자원을 먹고 더 많은 병력 물량을 쏟아내는 것!

대량의 촉수충들과 바퀴 떼가 괴물주술사와 함께 움직였다.

공중에서도 폭탄충들이 전술위성들과 자폭할 태세가 만전이었다.

그리고 그런 그들을 거느린 지휘관은 철벽괴물 박영호.

괴물이 이보다 더 강력한 디펜스를 할 수 있을까?

이신은 12시에 펼쳐놓은 박영호의 확장 기지를 향해 진군했다.

두 패로 나뉜 박영호의 병력은 호시탐탐 이를 싸먹을 태세였다.

11시에서 시작했던 박영호는 앞마당은 물론이고 12시와 9시

까지 확장해 놓고서 맵의 북서쪽 일대를 완전히 장악하고 있
었다.

이신은 이 괴물의 끝없는 확장에 제동을 걸 생각이었다.

전투는 의외의 곳에서 시작되었다.

—투타타타타타!

항공수송선에서 내린 보병들이 기관총을 난사하며 일벌레
를 잡았다.

그곳은 9시.

이신의 주력이 향하던 12시가 아니었다.

—카이저가 시작했습니다.

—러너도 재빨리 반응하죠!

터널을 통해 일벌레들이 모조리 대피.

그리고 그 터널로 건너온 바퀴 떼가 달려들었다.

보병들은 의무병을 방패 삼아 앞에 세워놓고 총을 난사해
바퀴들을 피떡으로 만들었다.

죽어 나가는 바퀴들.

그러나 뒤이어 나타난 괴물주술사가 흑안개를 펼쳤다.

—퍼엉!

흑안개 속에서 더 이상 보병들의 총탄을 먹혀들지 않았다.

보병들은 다시 항공수송선을 타고 달아나고자 했다.

하지만 항공수송선은 얼마 가지 못해 다시 병력을 내려야
했다.

―퍼어엉!

폭탄충 2마리가 달려와 항공수송선과 자폭한 것.

절반쯤 내린 보병들은 끈질기게 무빙 샷 컨트롤을 펼치며 9시를 헤집었다.

하지만 곧 바퀴 떼에 둘러싸여 진압됐다.

그것은 멀티태스킹 싸움을 건 신호탄에 불과했다.

동시에 이신의 주력 병력은 갑자기 속도를 내어 12시에 접근한 것이다.

―퍼어엉!

―펑!

―키엑!

포격모드로 전환한 기동포탑들이 괴물주술사를 일점사했다.

괴물주술사는 죽기 전에 그 자리에 흑안개를 펼쳤다.

―둘 다 굉장한 반응 속도입니다! 지금 9시에서도 전투가 벌어지고 있는데도 반응 속도가 이렇습니다!

―이제 시작에 불과합니다. 카이저도 러너도 이보다 더할 수 있는 선수들이고, 이제 그러려고 합니다!

박영호가 양방향에서 이신의 주력을 덮쳤다.

그 순간, 이신은 고속전차로 지뢰를 매설해 한쪽을 막고, 다른 한쪽은 보병들로 막았다.

―펑! 펑! 펑!

―푸하악!

"우와아아아아!"

"오 마이 갓!!"

박영호의 미칠 듯한 퍼포먼스에 관객들이 소리를 지르며 경악했다.

흑안개를 3번 펼치고 보병들에게 피의 저주를 뿌리는 속도가 전광석화였다.

동시에,

―파앗! 팟!

―키에엑!

전술위성들이 화염방사병 2명에게 디펜시브 실드를 걸어주고, 괴물주술사에게 방사능을 살포했다.

디펜시브 실드로 보호된 화염방사병은 흑안개 속에서 바퀴들을 살육했다.

하지만 함께 들어온 촉수충들이 일제히 촉수를 뻗어 화염방사병을 일점사로 잡아냈다.

반대편에서 폭탄충 편대가 나타났다.

할 일을 하고 안전하게 뒤로 물러난 전술위성을 노린 기동이었다.

전투와 동시에 폭탄충을 우회시키는, 박영호의 주특기이기도 했다.

―크아아!

보병 한 무리가 각성제를 흡입하고 질풍처럼 달려와 폭탄충들을 격추시켰다.

전술위성들은 가까스로 살았다.

이번에는 이신의 순발력에 모두가 놀라고 있었다.

한편, 추가 생산된 보병·의무병·화염방사병이 9시에 다시 출현했다.

박영호는 또다시 9시의 일벌레들을 대피시키고 구원 병력을 파견해야 했다.

그리고 이신은 3시에 구축한 확장 기지를 급습당했다. 하늘군주가 드롭한 촉수충 2마리였다.

—역시 이럴 줄 알았습니다! 맵 전역이 격전지입니다. 대체 어딜 보여줘야 하는지 옵서버도 바쁩니다!

한 번 시작된 싸움은 그칠 줄을 몰랐다.

평화는 단 1초도 찾아오지 않았고, 반드시 맵 어디선가에는 전투가 벌어지고 있었다.

*   *   *

전술위성이 계속 생산되어서 어느덧 5기나 되었다.

구름처럼 모여서 떠다니는 전술위성은 끊임없이 방사능을 살포해서 촉수충을 죽였다.

보병을 끊임없이 공격에 투입해 소모하면서도, 이신은 전술위성만은 귀신같이 지켜내며 수지타산이 맞는 싸움을 이었다.

방사능을 한 번 뿌리면 촉수충이든 괴물주술사든 결국 죽기 때문에, 전술위성으로 한 번씩만 방사능만 뿌리고 물러나도 이득이었다.

물론 전투 중에 그걸 하려면 굉장한 멀티태스킹 능력이 필요했다.

박영호가 전술위성을 격추시키기 위해 움직였다.

폭탄충 편대가 일제히 날아오자, 전술위성들은 아래로 피신했다.

하지만 그 순간,

—푸학!

땅속에 숨어 있던 괴물주술사가 튀어나와 피의 저주를 끼얹었다.

전술위성 5기에게 모두 피의 저주를 묻힌 것.

이 피에 묻으면 체력이 차츰 깎인 끝에 1이 된다.

그렇다면 이어서 동원되는 유닛은 바로,

—쐐기충이 갑니다. 아까 뽑아두었던 2마리입니다!

—폭탄충도 위에서 오고 있고요!

해설진이 다급하게 소리쳤다.

현재는 이신이 맹공을 퍼붓는 상황.

이 팽팽한 난전 양상에서 저 전술위성들이 우수수 격추되면, 승부의 균형은 괴물 쪽으로 기울어진다.

그때였다.

―파앗! 팟! 팟! 팟!

―케엑!

―키엑! 키에엑! 켁!

전술위성들이 삽시간에 서로에게 디펜시브 실드를 걸어주었다.

온몸을 던진 폭탄충들은 실드에 막혀 폭죽처럼 산화했고, 쐐기충의 공격도 먹혀들지 않았다.

그나마 실드로 보호하지 못한 전술위성 1기만 격추되었다.

"와아아아아!"

절묘하게 전술위성들을 살린 이신의 플레이에 다시금 탄성이 터져 나왔다.

이신은 계속해서 공격했다.

9시와 11시에 항공수송선을 1척씩 날려 보냈다.

그리고 기동포탑이 다수 포함된 주력 병력은 12시를 포격했다.

―3방향 동시 타격!

―이러면 끝나는 거 아닙니까?! 3군데를 동시에 다 막을 수 있나요??!

그 순간, 박영호가 춤을 추었다.

괴물주술사가 9시에 흑안개를 펼쳤다.

그리고 터널을 타고 11시로 건너가 다시 흑안개.

또 터널을 타고 12시에 나타나 다시 흑안개!

"오오오오오!"

"오 마이 갓!"

"러너! 러너!"

흑안개가 펼쳐진 11시와 9시가 즉각 바퀴 떼에 의해 진압되었다.

괴물주술사 1마리의 원맨쇼였다.

12시 역시 바퀴 떼가 나타나 포격을 가하는 기동포탑들에게 달라붙었다.

이신은 무시하고 부화실만 일점사시켰다.

─퍼퍼퍼퍼펑!

─퍼엉! 펑!

기동포탑 절반가량이 바퀴 떼의 공격에 파괴당했다.

하지만 이신은 가까스로 부화실을 무너뜨림으로서 12시 확장 기지를 미는 데 성공했다.

바퀴 떼는 용서할 수 없다는 듯이 도망치는 기동포탑들을 뒤쫓았다.

그런데 그 시각, 일벌레가 나타나서 부화실 건물을 다시 짓고 있었다.

─맙소사, 러너! 3군데를 다 막습니다! 다 막을 수 있었네요!

―철벽이라는 별명이 왜 생겼는지 똑똑히 보여줍니다!

―12시도 부화실이 파괴되자마자 다시 짓고 있죠? 복구 속도가 엄청 빠릅니다! 하하, 저거 보세요! 동시에 1시에도 확장 기지를 피고 있습니다.

―1시는 또 언제 손을 댄 건가요? 생각의 속도가 너무 빠릅니다! 카이저와 러너만 우리와 다른 시간대에서 살고 있는 것 같아요!

박영호의 초인적인 멀티태스킹은 거기서 끝나지 않았다.

값싼 바퀴 떼가 이신의 3시 확장 기지를 급습한 것이다.

3시는 참호 2채로 방어가 되어 있는 상태였다.

―타타타타타타탕!

―키엑! 키에엑!

―키에엑! 켁!

참호에서 총 쏘는 보병들에게 바퀴 떼가 녹아들었다.

하지만,

―퍼엉! 펑!

뒤따라온 괴물주술사가 흑안개를 연달아 뿌려서 그 일대를 총알이 먹히지 않는 지역으로 만들었다.

흑안개 속에서 바퀴 떼가 날뛰어서 이신을 골치 아프게 만들었다.

자신의 확장 기지가 흑안개로 덮여 있고, 그 안에서 바퀴들이 날뛰면 어떤 인류 플레이어든 짜증 나게 마련이었다.

하지만 이신은 끝없는 참을성으로 침착하게 대응했다.

전술위성 2기가 나타났다.

서로에게 방사능을 살포한 뒤, 흑안개 위를 지나다녔다.

흑안개 속의 바퀴들이 방사능에 감염되어 하나둘 녹아버렸다.

—카이저도 깔끔하게 막아냅니다. 양 선수 모두 당황하는 법이 없어요.

—싸움이 끝이 없습니다. 병영 체제로 접어든 카이저, 계속 병력을 쏟아내면서 공격을 시도하고, 러너도 거기에 지지 않습니다.

—정신없이 싸우는 두 선수입니다만, 전체적인 상황으로 봤을 때, 러너는 1시나 7시에 추가 확장을 하고 싶어 하고 카이저는 이것을 저지하는 그림입니다.

이신은 여기저기 공격을 시도해 박영호를 괴롭혔지만, 가장 신경 쓰는 건 1시와 7시였다.

이신은 1시에서 지어지고 있던 박영호의 확장 기지를 항공 수송선 드롭으로 가차 없이 부숴 버렸다.

더 이상의 확장은 용납하지 않겠다는 단호한 의지.

하지만 박영호 또한 이신의 진영에 견제를 넣으며, 똑같이 괴롭혀 주고 있었다.

서로를 괴롭게 만드는 처절한 난전이었다.

금메달이 걸려 있는 마지막 승부다 보니, 지켜보는 이들도 긴장돼서 속이 탈 지경이었다.

"악! 또 막았어!"

"지독하다 정말!"

존과 차이가 머리를 쥐어뜯으며 악을 썼다.

날카롭게 파고들었다 싶었는데, 그걸 또 빛의 속도로 대응하는 박영호의 철벽이었다.

흑안개, 피의 저주, 터널로 건너오는 바퀴 떼의 반격!

속사포처럼 터져 나오는 3단 콤보에 입을 다물 수가 없었다.

"음, 중후반에 저 속도가 나오면 사람이 아니지 않아?"

존이 기가 막혀서 묻는다.

차이는 쓴웃음을 지었다.

"미친 거지. 너무 빨라."

"선생님이 조금씩 밀리는 것 같아. 대체 왜 후반 병영 체제를 택하셨을까. 1세트처럼 안전하게 하시지."

주디가 울상이 됐다.

그녀는 건강이 좋지 않은 이신을 사정없이 몰아치는 박영호가 원망스러웠다.

"체제 전환 타이밍을 놓쳤어."

차이가 단호하게 말했다.

옆에 앉아 있던 장양도 묵묵히 고개를 끄덕여 동의한다.

"기갑 체제로 전환할 타이밍이 전혀 안 나왔어. 저렇게 난전 펼치면서 쫓아가는 게 맞는 판단이야."

"괴물이 너무 부유하게 시작했으니까."

난전을 펼치며 악착같이 물고 늘어지는 이신도 잘하고 있다고 차이는 생각했다.

일반적인 경우였다면 저 어마어마한 난전 능력에 괴물들은 결국 쓰러져 역전을 당했을 것이다.

하지만 상대도 철벽괴물 박영호였다.

바라던 바라는 듯이 모조리 맞받아치며 간간히 역습으로 상처를 입히기까지 한다.

수년 전이었으면 상상도 못했을 광경이었다.

예전엔 아무도 저렇게 이신과 팽팽하게 난전을 벌일 수 없었다.

"근데 왜 공성벌레를 안 뽑지?"

존이 의문을 제기했다.

지상전의 끝판 왕은 역시 공성벌레.

공성벌레가 뜨는 순간, 이신의 주력인 병영 병력은 아무리 잘 싸워도 추풍낙엽이 되는 것이었다.

차이가 말했다.

"못 뽑는 거야."

그 말에 또 장양이 고개를 끄덕거리며 동의.

"못 뽑는다고?"

"공성벌레 뽑으면, 그게 나올 때까지 자원이나 병력에 공백기가 생겨. 선생님은 그걸 노리고 있겠지."

"그래서 못 뽑는 거라고?"

"응."

1세트는 여왕괴물을 뽑았다가 카운터를 맞았다.

2세트도 쐐기충을 썼다가 카운터를 당했다.

그리고 지금 5세트.

또 국면을 타개하기 위해 먼저 카드를 꺼내드는 순간, 이신이 그걸 승리의 기회로 여길 가능성이 다분했다.

공성벌레가 생산될 때까지의 공백기를 노리는 카운터.

그것이 이신의 노림수라는 것을 박영호는 알고 있었다.

그래서 공성벌레를 뽑지 않는다.

그냥 이대로 계속 난전이었다.

이런 진흙탕 개싸움에서 자신이 절대 안 진다는 박영호의 강력한 자신감이었다.

"이대로 쭉 싸우면 선생님이 먼저 지치지 않을까?"

알 만한 사람은 다 안다.

박영호가 철벽이라 불리는 스타일을 유지하는 이유는, 후반까지 싸움을 길게 끌고 가면 절대 안 진다고 자신하기 때문이다.

중후반의 지배자.

극도로 자신을 채찍질한 끝에 막강한 피지컬에 눈뜬 박영호는 상대가 지쳐 있는 후반에도 건재한 것.

지금도 그러했다.

맵 전역에서 전투가 벌어지는 난전이 서로의 피지컬을 빠르게 소모시키고 있었다.

이 피지컬 소모전의 승자는 박영호가 될 가능성이 높았다.

"차라리 전술위성과 기동포탑 조합을 극대화해서 화력으로 미시는 게 낫지 않을까?"

차이가 중얼거렸다.

지금 이신의 생명줄을 유지시켜 주는 비결은 구름처럼 떠다니는 전술위성 숫자였다.

귀신같이 전술위성을 잘 격추시키는 저 폭탄충의 명인에게서 지금까지 전술위성을 잘 간수한 것은 이신의 실력이 얼마나 대단한지 알려준다.

전술위성들이 계속 살아서 지속적으로 방사능 살포로 피해를 주고 있기 때문에 이신이 지금껏 버티고 있는 것이었다.

─삐리링, 삐링, 삐링!

피의 저주가 묻혀 있는 전술위성들에게 의무병이 문득 '복원' 기술을 펼쳤다.

복원은 각종 특수 스킬로 인한 상태 이상을 회복시킬 수 있는 의무병의 기술이었다.

실전에서 쓰이는 예가 그리 많지 않은데, 이신은 박영호가 미친 듯이 뿌리는 피의 저주에 대항하여 이 기술을 개발한 것이다.

―복원을 실제로 보는 것도 오랜만이네요.

―예전엔 구경할 수 없었지만, 요즘 들어 아주 간혹 등장하는 기술입니다. 세월이 흐를수록 선수들의 피지컬이 좋아져서 이렇게 손이 많이 가는 기술도 일일이 사용할 수 있게 되었죠.

―그런 시대적 흐름을 부른 장본인은 지금 보시는 카이저고요. 자, 전술위성을 다 수리한 카이저가 또 치고 올라갑니다!

―러너도 소수 병력을 우회시켜 후방 급습을 노립니다. 이러면 또 난전이죠! 정말 지겹지도 않나 봅니다!

서로 상대의 기지를 치는 이신과 박영호.

공격과 수비를 2군데에서 동시에 해야 하는 부담감이 서로의 정신력을 빠르게 갉았다.

그런데 바로 그때였다.

국면 전환을 꿈꾸는 카드가 이신에게서 나왔다.

전함 2척이 출현한 것이다.

지상과 공중을 통틀어 스페이스 크래프트에서 가장 강력한 대형 유닛.

동시에 항공수송선도 병력을 싣고 다시 활발하게 움직이기 시작했다.

끈질기게 살려놓은 전술위성들도 이 순간을 위한 포석!

차이가 주먹을 불끈 쥐고 소리쳤다.

"폭탄충!"

"폭탄충?"

존과 주디가 의아해했다.

"폭탄충이 잔뜩 필요해지게 만든 거야!"

이번에도 장양은 고개를 끄덕이며 동의한다. 장양의 표정역시 경악과 전율로 물들어 있었다.

이신이 이 싸움의 중반부터 지금까지 줄곧 노려왔던 장대한 책략의 끝을 보았기 때문이었다.

폭탄충은 값싸지만 의외로 광물 자원이 많이 소모된다.

때문에 폭탄충으로 전술위성 등을 격추시키려다가 실패하면 괴물 입장에서는 속이 쓰리다.

하물며 웬만한 건물처럼 체력이 센 전함 2척을 격추시키려면 얼마나 많은 폭탄충이 필요하겠는가?

거기다가 전술위성과 항공수송선도 덩달아 날뛰면서 폭탄충을 부르고 있었다.

"1시랑 7시를 끝까지 안 주면서 난전으로 자원을 소모시켰어. 이제 박영호는 폭탄충 뽑을 광물 자원 때문에 미칠 지경일 거라고!"

이신의 의도를 이제야 깨달은 차이는 무척 흥분해 있었다.

자원이 달리기는 이신도 마찬가지.

필사의 각오로 이신이 승부에 나섰다.

　　　　　*　　　　　*　　　　　*

　─갑니다, 카이저! 카이저는 이제 여력이 없습니다! 마지막 기회입니다!

　─러너도 폭탄충 생산하느라 고충이 심할 테죠. 괴물주술사의 피의 저주와 함께 폭탄충이 잘 들어가야 전함을 격추시킬 수 있을 텐데요. 그런데 카이저는 피의 저주에 대응하는 복원 기술을 개발한 상태.

　─여기까지 바라보고 판을 짜왔던 것일까요? 그게 사실이라면 이번 판은 정말 위대한 대결입니다!

　─역대 최강의 인류와 현존 최강의 괴물! 최후의 싸움입니다!

　지독하게 싸운 두 사람이 이제 종막으로 치닫고 있었다.

　전함 2척과 항공수송선 1척이 박영호에게 자원을 공급해주던 생명 같은 9시 확장 기지로 다가왔다.

　박영호는 숨 막히는 기분을 느꼈다.

　압박감 속에서 박영호의 머리가 빠르게 회전했다.

　전함을 격침시키려면 일단 피의 저주를 뿌려 체력을 깎아놓아야 한다.

　하지만 피의 저주를 뿌려봤자, 저쪽은 의무병이 복원 스킬로 치료하면 그만.

　아마 저 항공수송선에 보병과 함께 의무병이 타고 있을 터!

'저 항공수송선부터 격추시켜야 한다!'

빠르게 내려진 결론.

신속한 판단 하에 폭탄충 4마리가 날아들었다.

2마리씩 갈라져서 양방향에서 항공수송선을 노렸다.

'제발!'

—피융! 퓽!

—키엑!

—켁!

전함이 빔을 쏠 때마다 폭탄충이 한 방에 죽었다.

2마리가 사망했지만 다른 2마리가 항공수송선에 접근했다.

그 순간 항공수송선이 갈 지(之)자로 날렵하게 무빙하며 폭탄충을 따돌린다.

계속 따라붙는 폭탄충들.

하지만 절묘한순간마다 방향을 꺾는 신들린 항공수송선의 무빙이 이어졌다.

그렇게 시간을 버는 사이에,

—퓽! 퓽!

—키엑! 켁!

결국 전함이 다시 빔을 쏴서 폭탄충 2마리마저 사살했다.

박영호는 욕설이 튀어나오는 기분을 느꼈다.

'어쩔 수 없다. 그냥 싸우자!'

터널을 통해 독침충 무리와 괴물주술사가 9시로 건너왔다.

―펑! 펑!

괴물주술사가 흑안개를 2연속으로 뿜었다.

이어서 전함 2척에게 피의 저주!

―푸하악!

성공!

전함 2척이 피의 저주에 묻혀서 체력이 깎이기 시작했다.

하지만 이신 역시 항공수송선에 태우고 있던 병력을 드롭했다.

보병 6명, 의무병 2명.

'의무병!'

박영호는 마음이 급해졌다.

독침충들이 달려가 의무병을 일점사했다.

복원 스킬을 쓰기 전에 죽일 참이었다.

하지만,

―삐리링! 삐링!

복원 스킬이 펼쳐지면서 전함 2척에게 묻어 있던 피의 저주가 풀렸다.

이신의 반사 신경도 매우 신속했다.

"와아아아아!"

"오오오오!"

심장이 쫄깃해지는 아찔한 공방!

관객들은 롤러코스터에 탄 것처럼 연신 탄성을 터뜨렸다.

독침충들이 흑안개 속에 숨어서 전함과 싸우는 사이, 보병들이 시계방향으로 우회하여서 일벌레들을 습격했다.

—투타타타타!

—키엑!

일벌레 2마리가 삽시간에 사살.

하지만 그 자리에 다시금 흑안개가 펼쳐졌다.

—퍼엉!

보병들의 테러에도 불구하고, 일벌레들은 흑안개 속에서 보호받으며 계속 일했다.

어떻게든 자원은 계속 채집해야만 하는 박영호의 처절한 수비였다.

—정말 지독한 수비력입니다! 보통 선수였으면 GG 선언해야 할 상황이 5번은 있었어요! 그런데 러너는 한 번도 꺾이지 않았어요!

—끝내 상황을 여기까지 만든 카이저도 징그럽기는 마찬가지입니다. 대체 누구를 승자라 불러야 하고 누구를 패자라 불러야 하나요? 아직 승부의 행방은 미궁 속에 있습니다.

9시뿐만이 아니었다.

12시의 확장 기지 또한 이신의 공격을 받았다.

소수의 기동포탑과 보병, 그리고 전술위성 한 무리가 끼어 있는 군세였다.

방사능을 살포하는 전술위성은 이제 자원 부족에 시달리는 박영호에게는 큰 골칫거리였다.

─퍼펑!

전술위성이 도사리는 가운데, 기동포탑이 포격을 가했다.

박영호는 공격받는 12시를 지켜낼 여력이 모자랐다.

무리하면 지킬 수 있을지도 몰랐다.

'어차피 자원도 다 고갈되어 간다.'

박영호는 깨끗이 12시를 포기했다. 대신 그냥 줄 수는 없다고도 생각했다.

─9시, 12시 모두 공격받는 러너!

─지금까지 잘 버티고 있습니다, 러너. 이번만 잘 버텨내면 되는데요!

해설진이 안타까움에 소리쳤다. 워낙에 박영호의 디펜스가 인상적이었기 때문에 감정이입이 된 것.

그런데,

─어어? 3시! 3시에!

문득 해설진은 미니 맵의 이상한 움직임을 포착했다.

옵서버가 3시 지역을 비추었다.

이신에게 자원을 공급해 주는 유일한 지역인 3시 확장 기지에 하늘군주 1마리가 나타났다.

"와아……!"

"오 마이 갓!"

관객들이 질렸다는 듯이 신음했다. 그 와중에 박영호도 이신을 공격한 것이었다. 범인(凡人)으로서는 상상조차 가지 않는 무서운 투쟁심이었다.

하늘군주는 괴물주술사 1마리와 바퀴 6마리를 드롭.

초라한 병력이었지만, 괴물주술사가 흑안개를 펼치자 얘기가 달라졌다.

—퍼엉!

—펑!

바퀴들은 요리조리 얄밉게 뛰어다니며 건설로봇들을 공격했다. 흑안개 속에서는 무척 골치 아픈 존재였다.

결국 이신은 건설로봇들을 대피시키고, 통제사령부 건물을 띄워 올려야 했다.

박영호가 12시를 잃고 9시마저 위태롭듯, 이신 또한 3시 확장 기지를 잃은 것이었다.

—러너의 대단한 반격이 나왔습니다! 너도 자원 먹지 말라 이겁니다!

—이렇게 되면 카이저는 자원 공급이 끊겼고, 러너는 어찌 되었건 아직 9시에서 자원 채집이 이루어지고 있습니다. 이제 카이저도 러너의 9시를 부숴서 똑같이 굶주리게 만들어야 합니다.

—두 선수 정말 금메달을 향해 피눈물 나게 싸웁니다!

이신은 최후의 자원을 쥐어짜서 화염방사병을 뽑았다.

화염방사병 6명은 9시로 달려갔다.

박영호 또한 병력을 모조리 긁어모아서 9시로 보냈다.

9시 확장 기지는 전함 2척과 보병들의 집중 공격에 시달리고 있었다.

박영호는 흑안개를 계속 펼치며 처절하게 수성했다.

전함 2척이 빔을 쏘며 압박하는데도, 끈질기게 자원을 채집하는 일벌레들!

9시도 자원이 그리 많이 남아 있지 않았다.

그거라도 먹겠다고 박영호는 농성(籠城)하고 있었다.

이기기 위해 이곳을 반드시 격파해야만 하는 이신도 필사적이기는 마찬가지.

"맙소사, 이렇게 대단한 경기는 난생 처음이야."

"소름 끼쳐. 양측 다 GG 쳐야 할 상황이 몇 번이나 있었는데!"

"말도 안 되는 정신력이야. 한국 선수는 원래 다 저래?"

관객들도, 인터넷으로 중계방송을 보는 세계 팬들도 모두 기가 질렸다.

숨이 턱턱 막히는 승부였다.

보는 사람이 다 좌절하고 싶어지는 순간마다, 두 선수는 굴하지 않고 어떻게든 이길 수 있는 방법을 찾아 실행에 옮겼다.

1시와 7시에 풍부한 자원이 매장되어 있다.

하지만 이신도 박영호도 젖과 꿀이 흐르는 그 땅을 손대지 못했다.

서로 상대가 1시나 7시를 얻지 못하도록 끈덕지게 방해했기 때문.

그래서 멀쩡한 1시와 7시를 손대지 못한 채 양 진영은 굶주렸다.

지독한 혈전이었다.

*　　　　*　　　　*

─세계 최고의 무대에서 이런 명경기를 펼치나요. 우리 두 선수 모두 자랑스럽습니다.

─박영호 선수 참 독합니다. 전함 2척까지 합세해서 두들기는데 악착같이 9시를 계속 수비합니다. 그러면서 얼마 안 남은 자원을 계속 파먹고 있어요!

─흑안개와 박영호 선수의 무서운 수비 감각의 힘입니다. 하지만 이신 선수도 가만 안 있습니다. 예, 새로 생산된 화염방사병들이 9시로 달려갑니다.

─화염방사병 앞에서는 흑안개도 소용없거든요!

세계 무대에서 벌어지는 두 선수의 승부는 한국에도 생중계되고 있었다.

"진수야."

인터넷 중계를 보고 있던 최환열이 문득 입을 열었다.

"네, 형."

박진수가 대답했다.

"세월이 흐르긴 흐른 거지? 네가 어느새 은퇴하고 전략팀장이 되어 있으니까."

"그러게요."

박진수는 웃었다.

최환열이 선수로서 전성기를 구가하던 시절, 박진수는 관계자들 사이에서 유망주로 주목받던 새파란 연습생이었다.

박진수는 기대받은 값을 했다.

개인리그에선 4강까지가 전부였으나, 프로리그에서는 신인왕을 수상하고, 다승왕과 MVP도 몇 차례나 땄다.

프로리그 통산 100승 돌파.

통산 승률 58%.

나이가 들어 부진했지만 프로게이머로서 박진수는 일류로 평가받기에 손색이 없었다.

"하, 정말 세월이 흐르긴 흘렀네요. 선수 생활 시작한 게 엊그제 같은데, 이제 다 끝난 커리어를 추억하고 있고……."

"그치?"

"그러게요."

두 사람은 서로를 보며 웃었다. 두 사람 모두 프로게이머였기에 공유할 수 있는 애잔함이었다.

"은퇴하고 개인 방송에 몰두하는 동안에는 세월 가는 줄을 몰랐어. 근데 신이 녀석이 꼬셔서 수석코치로 오니까 알겠더라. 새로 들어오는 연습생 애들이 딱 내 나이의 절반인 거야. 와, 나 참……."

"이제 아재네요, 아재."

박진수가 키득거렸다.

"근데 내가 왜 세월 가는 줄 몰랐는지 알아?"

"뭔데요?"

"저 녀석 때문이야."

최환열은 경기가 중계되는 모니터를 턱짓했다.

마침 이신이 화면에 비치고 있었다.

"저 모습을 봐. 내가 저걸 몇 년째 보는 것 같아?"

"진짜 오래됐죠."

"근데 여전히 가장 높은 무대에서 쟤 얼굴이 보여. 심지어 쟤는 외모도 나이가 안 들었어."

"저랑 동갑이죠."

그렇게 말하며 박진수도 떨떠름해졌다.

자신은 폼이 떨어져 은퇴를 택했다.

그런데 같은 나이의 저 선수는 여전히 가장 높은 무대에서, 여전히 넋을 놓게 되는 현란한 플레이를 구사하고 있었다.

"정말 사람이 맞을까요?"

"이젠 나도 몰라. 인간다운 기승전결이 없잖아."

선수라면 누구나 겪는 흥망성쇠가 이신에게는 없었다.

하늘에서 뚝 떨어진 것처럼 왕좌에 올랐다. 행운이라는 말을 꺼낼 수조차 없는 압도적인 실력으로.

왕좌에서 수년간 적수 하나 없이 재위(在位)하더니, 갑작스러운 비극으로 사라졌다.

그러고는 영화처럼 부활하여 다시 왕좌 탈환을 코앞에 둔 것이다.

어떤 선수가 이와 같을 수 있단 말인가?

"영호도 참 대단한데. 누가 이길지 모르겠네요."

이신의 상대 역시 전례 없던 최강의 도전자.

여태껏 이신을 이렇게까지 궁지에 몰아넣은 상대는 없었다.

있다면 4강전에서 승리를 목전에 두었던 지우펑 정도.

박영호는 별명 그대로 괴물 같은 철벽 수비로 버티며 승부를 미궁 속으로 빠뜨리고 있었다.

박영호는 생명줄인 9시를 질기게 수비하면서, 1시에 손을 뻗었다.

이신 또한 9시를 무너뜨리려고 공격을 퍼붓는 한편, 7시에 확장 기지를 구축하려 하고 있었다.

자원이 넘쳐흐르는 1시와 7시를 각각 차지해 다시 병력을 생산할 수 있는 동력을 확보하려 하는 것이었다.

그리고 서로가 이를 용납하지 않았다.

서로를 굶주리게 만드는 혈전은 계속되고 있었다.

월드 SC 그랑프리, 개인전 결승 5세트.

끝을 모르던 두 사람의 공방도 이제 결말로 치닫고 있었다.

*   *   *

—화르르! 화르르륵!

화염방사병들이 들이닥쳐서 화염을 퍼부었다.

박영호가 9시 확장 기지를 끈질기게 사수할 수 있었던 원동력인 흑안개도 근접 범위 공격인 화염 앞에서는 소용없었다.

하지만 그 와중에도 박영호는 촉수충을 동원해 화염방사병을 모두 처치하는 등 완강한 저항을 보였다.

피차 자원이 끊긴 상황.

이신도 박영호도 남은 병력이 거의 없었다.

이제는 잔존 병력을 얼마나 잘 활용해서 싸우느냐의 문제였다.

그런 면에서 압도적으로 유리한 쪽은 이신이었다.

전술위성과 전함 2척!

끈질기게 살려서 재활용할 수 있는 유닛들이었다.

반면 박영호는 괴물 종족의 특성상 유닛들이 소모성이었기 때문에 소수 유닛의 대결에서는 극히 불리했다.

"결국 이런 대결 구도가 될 거라고 생각하셨던 거야."

차이가 이어서 말했다.

"똑같이 자원이 없어서 굶주린 상황이 되면 유리한 건 결국 인류지."

이에 존은 경탄했다.

"박영호를 상대로 이 상황까지 끌고 올 수 있다고 자신했다니. 선생님이니까 가능한 일이었어."

"애당초 선생님을 상대로 저렇게까지 난전을 펼칠 수 있는 사람이 박영호밖에 없었던 거야."

5세트는 굉장히 수준 높은 경기였다.

단지 정신없는 난전 때문만이 아니다.

이신과 박영호의 전략성도 빛을 발했다.

먼저 유리한 판을 짠 것은 박영호.

박영호는 이신이 다시 꺼내든 1─1─1 빌드의 카운터가 되는 빌드 오더를 구사했다.

테크 트리에 집중한 틈을 타서 부화실 3채를 펼친 채 자원상에서 매우 부유하게 출발.

자연히 이신은 견제 플레이로 피해를 주어서 자원 격차를 만회해야 했는데, 박영호는 견제가 통하지 않는 수비력을 보여주었다.

정찰·견제 등 많은 역할을 해야 했던 이신의 스텔스 전투기를 독침충으로 격추시킨 것 또한 컸다.

무적이라 생각되었던 이신의 1─1─1 빌드가 그렇게 박영호에 의해 무력화된 셈이었다.

테크 트리를 빨리 올린 만큼 다양한 유닛으로 공격할 수 있다는 장점이 있지만, 박영호는 부유한 출발과 이로 인해 보유한 많은 병력으로 극복한 것이다.

그렇게 박영호는 매우 유리한 국면을 만들어놓았다.

결국 박영호의 플레이는 이신의 전성기였던 과거 시절과 다른 최신 트렌드였다.

부유한 체제.

꼼꼼한 디펜스.

예전과 달리 선수들의 수비 능력이 나날이 발전한 까닭에, 공격에 치중한 가난한 체제는 점차 자취를 감추게 되었다.

5세트의 초반 양상은 바로 그러한 신구(新舊) 선수의 대립을 보여주었다.

아무리 수비를 잘해도 빈틈을 파고들었던 이신.

그러나 그 작은 빈틈마저 없는 박영호는 이신이 전성기 시절에는 만나본 적이 없었던 강적이었다.

하지만 그때부터 이신의 거센 반격이 시작되었다.

자원에서 불리한 것은 물론, 토털 어택마저 더 많은 병력을 모은 박영호에 의해 막힌 상황.

그때부터 이신은 불리하게 짜인 판을 뒤집기 위하여 난전을 펼치기 시작했다.

사방팔방을 공격해 박영호의 정신을 흔들어 놓고, 1시와 7시로 확장하는 것을 차단했다.

이신은 알고 있었다.

자신이 난전을 유도하면, 멀티태스킹과 전투에 자신 있는 박영호가 물러서지 않고 맞불을 놓을 거라는 사실을 말이다.

예상대로 박영호는 똑같이 이신의 진영 곳곳을 공격하며 맞불을 놓았다.

맵 전역에서 전투가 벌어졌고, 양측의 병력이 빠르게 소모되었다.

그것이 이신이 노리는 바였다.

소모전으로 자원 고갈을 가속화시키는 것.

똑같이 자원이 고갈된 극단적인 상황이 되면, 결국 유리한 것은 인류라고 판단했다.

소모전으로 병력을 끊임없이 소비하는 와중에도, 전함 2척을 쥐어짜 생산한 이신의 판단은 그 마지막 순간에서 승자가 되기 위한 포석이었다.

바로 지금!

이신의 계책이 이루어졌다.

서로가 자원이 없어 굶주리는 상황이었고, 박영호는 전함 2척을 격추시킬 엄두를 못 내고 있었다.

전함을 격추시키려면 폭탄충이 떼거리로 달려들어 자폭해야 하는데, 박영호는 그렇게 많은 폭탄충을 뽑을 자원도 없었다.

아니면 피의 저주를 뿌려서 체력을 깎아놓는 수밖에 없는

마지막 대결 213

데, 이신은 피의 저주를 치료할 수 있는 복원 스킬을 개발했다.

―저 전함 2척이 정말 두려울 겁니다, 러너!

―예, 이제 와서는 저걸 격추시키기가 매우 어렵거든요. 폭탄충은커녕, 이제 지대공 공격이 가능한 독침충도 얼마 없어요. 나머지는 전부 촉수충이나 바퀴들뿐!

―카이저도 전함을 제외하면 병력이 많지 않습니다. 지상군만 놓고 보면 러너가 더 우세할 정도죠.

―그런데 카이저가 1시로 진격합니다! 옳은 선택입니다. 1시에 짓고 있는 저 부화실을 깨뜨리면 승리하는 거예요.

―러너도 움직입니다. 알고 있어요! 카이저가 1시로 올 거란 걸 당연히 예상하고 있습니다.

이신은 7시에 새로운 확장 기지를 구축하는 한편, 지상군을 전부 끌어모아 1시로 진격했다.

그러면서 전함 2척은 박영호의 11시 본진을 공격했다.

―아! 전함이 본진을 공격하네요. 러너가 1시 수비에 집중하고 있는 점을 노리고, 역으로 본진을 공격합니다.

―전함이 중요한 건물을 부수고 있습니다. 러너는 어쩔 수 없습니다. 저 전함을 상대할 유닛이 없어요!

―설사 1시가 활성화되더라도 주요 건물이 부서지면 다시 처음부터 테크 트리를 올려야 하거든요. 러너의 희망이 점점 꺾여갑니다!

박영호로서는 극한의 상황이었다.

이신에게는 전술위성도 아직 살아 있는 상황.

전술위성이 살포하는 방사능에 맞으면 귀중한 괴물주술사를 잃을 수 있기 때문에, 박영호는 괴물주술사를 눈에 안 띄게 숨겨놓고 있었다.

전함 2척은 박영호의 본진에서 활개를 치며 건물을 부숴 나갔다.

독침충 둥지가 부서졌다. 이제 더 이상 독침충을 생산할 수 없게 되었다.

다음은 쐐기충 둥지를 공격당했다. 곧 쐐기충과 폭탄충을 생산할 수 없게 될 것이다.

일방적으로 계속 파괴되는 건물들!

그런 절망적인 상황 속에서도 박영호는 끝까지 포기하지 않았다.

아직도 기회가 남아 있다고 생각했기 때문이다.

실낱같은 희망을 놓지 않은 채, 박영호는 승리를 위한 포석을 침착하게 두었다.

첫째, 숨겨 놓았던 괴물주술사가 전함 2척이 날뛰는 11시 본진으로 향한다.

둘째, 1시로 진입하는 길목에도 괴물 병력이 사방에 흩어져 잠복했다.

셋째, 4마리밖에 안 되는 소수의 바퀴 무리가 맵을 크게 우회하여 7시로 은밀히 접근했다.

이윽고, 뛰어나다 못해 예술이라고밖에 형용할 수 없는 박영호의 플레이가 펼쳐졌다.

11시, 1시, 7시에서 동시다발적으로 벌어진 플레이였다.

11시, 괴물주술사가 전함 2척에게 피의 저주를 뿌리는 데 성공했다.

―푸하악!

피의 저주가 묻은 전함들! 저주에 의하여 체력이 조금씩 깎여나가기 시작했다.

그 대가로 괴물주술사는 전함 2척이 쏘는 중성자 빔에 맞아 최후를 맞이하였다.

7시, 이신이 새로이 구축한 확장 기지를 바퀴 4마리가 공격했다.

건설로봇들이 일제히 싸움에 동원되었지만, 바퀴들은 날렵하게 치고 빠지며 1기씩 사냥해 나갔다.

가뭄의 단비처럼 다시 시작될 뻔했던 자원 공급이 또다시 중단된 순간이었다.

마지막으로 1시!

박영호의 숨통을 끊으러 진격했던 이신의 지상군 병력이 기습을 받았다.

흩어진 채 잠복해 있던 박영호의 괴물 병력이 사방에서 덮쳐든 것이다.

3방향에서 완벽하게 덮친 기습!

—으악!

—으아악!

보병들이 바퀴 떼와 촉수충에게 단숨에 살육당했다.

박영호는 도망치는 의무병을 집요하게 쫓아가 죽였다.

복원 스킬을 쓰는 의무병이 없으니, 이제 이신은 전함 2척에 묻은 피의 저주를 치료할 수 없게 된 것이다!

—오 마이 갓!!

—맙소사! 여러분, 보셨습니까?!

해설진이 흥분하여 소리쳤다.

"와아아아아!!"

"오오오!!"

"러너! 러너! 러너!"

관객들도 흥분하여서 소리를 질렀다.

긴장되는 순간, 박영호가 굉장히 낮은 확률의 도박에 성공한 것이었다.

전함 2척은 피의 저주에 의해 체력이 1을 향해 떨어지기 시작했고, 이를 치료할 수 있는 의무병은 1명도 없었다.

의무병을 또 생산하려면 자원이 필요한데, 7시를 공격받아서 자원을 채집할 수 없었다.

박영호의 1시 확장을 저지해야 하는 지상군은 전멸당했다.

이 3가지 일이 모두 일어나자, 극히 낮았던 박영호의 승률이 절반 이상으로 올라갔다.

—러너의 병력이 일제히 7시로 향합니다! 카이저, 7시를 지킬 병력이라고는 건설로봇밖에 없는데요?!

—아직 전함 2척이 있고, 전술위성도 있긴 한데, 러너의 병력을 막기는 역부족입니다!

박영호가 쥐어짠 최후의 병력이 7시에 들이닥쳤다.

이신은 7시에 앉혀 놓았던 통제사령부 건물을 다시 띄워 올려야 했다.

7시 확장 기지를 날려 버린 박영호는 이어서 5시에 있는 이신의 본진으로 향했다.

여전히 11시에서는 전함 2척이 박영호의 본진 건물을 부수고 있는 상황.

하지만 전함 2척으로 건물을 부수려면 한세월이었다.

그전에 박영호가 이신의 본진을 박살 낼 터였다.

역전!

모두가 박영호가 이겼다고 생각했다.

그런데…….

—위이잉! 위잉!

전술위성들이 본진을 습격한 괴물들에게 방사능을 살포했다.

방사능을 뒤집어쓴 괴물 유닛은 바로 독침충들이었다.

—어? 방금은 차라리 촉수충에게 방사능을 살포하는 게 낫

지 않았나요? 독침충만 골라서 공격했습니다, 카이저.

—의도적으로 독침충만 골라서 방사능을 뿌린 것 같은데
요…… 어? 어어?!

말하다 말고 해설자가 비명을 질렀다.

—지, 지금 독침충이 모두 죽으면 러너에게 지대공 공격 수
단이 있나요?!

—어? 그, 그러고 보니?!

그제야 경기장이 술렁거렸다.

전술위성은 계속해서 독침충만 노리고 방사능을 살포했다.

독침충은 모두 죽고 말았다.

그제야 박영호의 안색이 딱딱하게 굳었다.

보유하고 있는 유닛이라고는 일벌레, 바퀴, 촉수충, 괴물주
술사뿐.

공중 공격이 가능한 유닛은 없었다.

피의 저주로 인해 체력이 1이 되어버린 전함 2척을 격추시
킬 수 있는 수단이 사라져 버린 것이다!

—아까 전투 때도 카이저는 독침충만 일점사했던 것 같은
데, 설마 이것까지 노린 건가요?!

—세상에! 독침충이 독침을 한 방씩만 쏴도 전함 2척을 모
두 격추시킬 수 있는데요? 그런데 독침충이 없습니다! 쐐기충
도 없고 폭탄충도 없습니다!

그뿐만이 아니었다.

이신은 본진에 있는 모든 건물을 공중에 띄워 올렸다.

바퀴 떼와 촉수충들은 하늘에 떠 있는 인류의 건물을 공격할 방법이 없었다.

전함 2척은 유유히 1시로 날아왔다.

―뿅! 뿅!

1시에 완성된 부화실을 공격하는 전함 2척.

둘 다 체력은 1인데, 박영호는 더 많은 병력을 가지고 있으면서도 이를 물리칠 방법이 없었다.

독침충이 1마리만 더 살아 있었어도 1시를 지킬 수 있을지도 몰랐다.

극적으로 승기를 잡은 상황에서, 박영호는 모든 희망이 사라진 것을 깨달았다.

*   *   *

부스 바깥에서 쩌렁쩌렁하게 울려 퍼지고 있을 관객들의 함성이 들릴 것만 같았다.

'왜 나는……'

박영호는 통한의 후회를 했다.

'독침충을 따로 빼서 전함을 격침시키러 가지 않은 거지?'

여러 가지 이유가 있었다.

전함은 강력하긴 하지만 건물을 깨부수는 속도는 느리다

는 점.

이신이 7시 확장 기지를 활성화시키면 위험하기 때문에 그걸 부수고 본진도 박살 내야 안심할 수 있었다는 점.

변명도 있다.

어차피 저놈의 전함 2척을 격침시키러 독침충을 본진에 보냈어도, 전술위성이 쫓아와서 결국 방사능을 살포했을 거라는 점. 혹은 디펜시브 실드를 전함에게 걸어 보호했을 지도 모른다.

이신이 그 정도 재치도 발휘 못했을 리가 없다. 1시 길목의 전투에서 전멸당하는 순간에도 독침충을 일점사했던 판단력이 있는 남자니까.

하지만 왜 이렇게 후회되는가 하면, 너무나 아까웠기 때문이다.

고작 한 발짝!

한 발짝만 남겨두고 있었다.

피의 저주를 뒤집어서서 체력이 1까지 깎여 버린 저놈의 전함 2척은 독침충이 독침을 한 번씩만 쏴도 격침시킬 수 있는 것이었다.

폭탄충을 좀 더 잘 써서 전술위성을 격추시켰어야 했는데.

조금만 더 강하게 몰아쳤으면 이 상황까지 오지 않았을 텐데.

난전에 응수하지 않고 침착하게 방어와 확장에 집중했더라면 어땠을까.

갖가지 후회가 밀려왔다.

'아직 포기할 수 없어!'

박영호는 일벌레를 총동원했다.

자원 고갈로 파업한 일벌레들이 우르르 7시로 몰려갔다.

7시까지 가서 자원을 채집한 뒤에 11시의 본진으로 운반하는 장대한 수송을 시작한 것이다.

일명 '릴레이 채취'라 불리는 원거리 자원 채집이었다.

하지만 설사 그렇게 자원을 얻으면 뭐하나?

이미 독침충 둥지도, 쐐기충 둥지도 파괴당한 상황이었다.

그 건물을 다시 짓고 독침충 혹은 쐐기충을 다시 생산할 때까지 이신이 느긋하게 기다려준단 말인가?

'그것까지 계산하고서 두 건물을 먼저 노렸단 말이야?'

생각할수록 기가 찼다.

어쩐지 전함 2척이 왜 본진을 공격하나 했다.

그것까지 염두에 두고서 지능적으로 독침충 둥지와 쐐기충 둥지를 부순 거라면, 정말 천재가 아닌가?

이내 박영호는 깨달았다.

그랬다.

천재 맞다.

저 사람은 자타가 공인하는 천재였다.

자신이 싸우고 이기고자 했던 저 남자는 말도 안 되는 천재였다.

—콰지직!

1시 부화실이 무너졌다.

전함 2척은 이어서 박영호의 본진으로 향한다.

본진까지 점령당해서 모든 건물을 공중에 띄우고 있는 패배자 같은 몰골의 이신이었지만, 상대에게 지대공 공격 수단이 없다는 이유 하나만으로 승리를 향해 나아가고 있었다.

'한 발자국만 더 내딛으면 되는 거였는데.'

대형화면에 비치는 박영호는 웃고 있었다.

웃고 있는데 눈시울이 붉게 물들어 있었다.

"빌어먹을, 정말 대단한 놈들이야."

"이런 경기는 처음 봐. 둘 다 미쳤다고!"

"저렇게까지 했는데도 지다니! 러너가 정말 억울하겠어."

"너무 멋져. 내 인생 최고의 경기야!"

관객들이 환호와 박수를 보냈다.

—Runner: GG.

마침내 GG를 선언하자,

"와아아아아!!"

"정말 대단해!"

"카이저!"

하나둘 일어서더니 뜨거운 박수와 함께 이신을 연호했다.

어떤 이는 박영호의 안타까운 심정에 몰입했는지 눈물을 흘리고 있었다.

"러너! 러너! 러너!"

"잘했어! 정말 멋졌다고!"

"이런 빌어먹을, 둘 다 금메달을 줘야 해!"

박영호의 GG 선언을 본 순간, 이신은 비로소 긴장했던 표정이 편안하게 풀렸다.

헤드셋과 이어폰을 빼고 한숨 돌리는 이신의 모습은 맥이 다 풀려 있었다.

그는 오늘 그야말로 진이 다 빠지도록 싸웠던 것이다.

모든 걸 다 쏟아부은 경기였다.

진인사대천명(盡人事待天命).

승리를 위한 모든 플레이를 다 펼쳐놓고도 결과는 하늘에 맡겨야 하는 이런 한 치 앞을 알 수 없는 처절한 승부는 지금껏 해본 적이 없었다.

그는 항상 자신이 승리를 만들어냈고, 계산대로 상대를 무너뜨렸었다.

오직 박영호만이 그를 이토록 몰아붙인 것이다.

퍼펑! 퍼퍼퍼펑!

축하의 폭죽이 화려하게 무대 위에 터져 나왔다.

부스에서 나온 이신이 무대 중앙으로 걸어갔다.

"와아아아아아아!!"

"카이저! 카이저! 카이저!"

"신이 돌아왔다!"

마구 환호하며 날뛰는 흥분한 관객들을 보며, 비로소 이신은 체감했다.

자신이 승자라는 것을 말이다.

이신은 주먹을 불끈 쥐고 들어올렸다.

환호가 더욱 커졌다.

2021년 월드 SC 그랑프리 개인전.

세계 무대에 돌아온 이신이 다시 금메달을 손에 넣었다.

수많은 신진 강자의 도전을 받았으나, 끝내 권좌는 돌아온 황제의 것이었다.

승자와 패자의 명암이 엇갈렸다.

금메달까지 불과 한 발짝을 앞두고서 박영호는 결국 작년에 이어 올해도 은메달에 그쳐야 했다.

하지만 아무도 그런 박영호를 비웃지 못했다.

5세트까지 간 접전!

2—0 스코어로 궁지에 몰린 상황에서 벼랑 끝의 올인 전략을 2연속으로 펼치면서 기사회생.

마지막 5세트도 상상을 초월하는 난전이었다.

중반에 접어들면서 전투가 단 1초라도 중단되었던 적이 없었다.

경기를 중계하는 해설진도 옵서버도 관객들도 정신이 하나도 없는 혈투였다.

결말까지 드라마틱했기에 모두가 환상의 승부를 보여준 박영호에게 찬사를 보냈다.

─카이저가 돌아왔습니다. 통산 네 번째 금메달을 목에 걸며 e스포츠의 역사를 다시 썼습니다.

─그렇습니다. 역대 최다 금메달 획득! 역대 최고령 금메달리스트! 그리고 우승 상금 100만 달러를 획득하면서 그랑프리 통산 최고액의 상금을 가져간 주인공이 되었습니다. 통산 2위와의 격차가 무려 4배가량입니다!

─이로서 카이저가 데뷔했을 때부터 지금까지 그랑프리 개인전의 금메달은 쭉 인류 플레이어가 차지했습니다. 종족 밸런스가 붕괴된 것처럼 보이지만 이게 다 저 선수 탓입니다!

─인류의 군림을 러너가 저지할 수 있을 뻔했는데요, 너무 아깝습니다!

─2년 연속으로 은메달을 목에 건 러너도 대단하죠. 금메달을 걸었어도 이상하지 않은 실력자임을 증명했습니다.

─2세트가 끝났을 때만 해도 승부가 싱겁게 끝나나보다 싶었거든요. 아니었습니다! 이신 선수가 도중에 정신을 잃고 쓰러지는 해프닝도 있었지만, 3세트부터 엄청난 기세로 맹추격하여 끝내 5세트까지 접전을 펼친 러너! 정말 대단합니다. 이렇게 그랑프리 개인전 결승 무대를 빛내주어서 저도 감사할

정도입니다.

―예, 이런 명승부를 보여주어서 양 선수 모두에게 감사합니다!

수만 관객의 기립 박수가 끊이질 않았다.

패배의 아픔을 추스른 박영호가 부스에서 나왔고, 시상식을 위해 기다리고 있었던 아마드 부티아도 나왔다.

그렇게 시작된 시상식.

동메달과 5만 달러가 적혀 있는 상금 피켓이 아마드 부티아에게 수여되었다.

그것을 받는 아마드 부티아의 얼굴은 아쉬움으로 물들어 있었다. 첫 메달이었지만, 그 역시 마이클 조셉과 마찬가지로 금메달을 노렸던 선수였던 것이다.

은메달과 10만 달러 상금 피켓은 박영호에게 수여되었다.

세계 최고의 e스포츠 무대답게 은메달일지라도 상금이 엄청났다. 하지만 박영호의 표정은 패배의 후유증 탓에 펴질 줄을 몰랐다.

마지막으로 이신의 차례였다.

목에 번쩍이는 금메달이 걸린 순간, 관객들의 환호가 절정을 이루었다.

상금 피켓에 쓰인 액수는 무려 100만 달러!

한화로 약 11억가량의 어마어마한 거액이었다.

여태껏 이신이 그랑프리에서 딴 상금만 하더라도 부유층이 되기에 충분한 것이었다.

하지만 그것으로 끝이 아니었다.

—2021 월드 SC 그랑프리 개인전의 명경기를 발표합니다. 선정된 명경기는 월드 SC 협회의 홈페이지 메인에 개제되며, 명경기의 주인공이 된 두 선수에게는 각각 상금 5만 달러가 수여됩니다.

모든 관객이 기대 어린 표정으로 사회자의 발표를 기다렸다.

사회자는 씨익 웃었다.

—이미 다들 명경기상의 주인공을 알고 있는 눈치인데요?

"와하하하!"

"뻔하지!"

"오늘 경기를 본 사람이면 누구나 예상했을 거야!"

관객들이 와자지껄 떠들었다.

사회자가 마침내 발표했다.

—명경기는 바로 결승전 5세트, 맵 유혈의 기억에서 펼쳐진 카이저와 러너의 마지막 대결입니다!

"와아아아아아아!!!"

"오오오오오!!"

환호성이 커다란 경기장을 가득 채웠다.

—4강전의 카이저와 지우펑의 대결도 유력한 명경기 후보였지만, 마지막까지 승부의 행방을 알 수 없었던 오늘 개인전의

마지막 경기가 결국 심사위원단의 만장일치로 명경기로 선정되었습니다.

박영호와 이신은 상금 피켓을 하나 더 받았다.

그로서 박영호는 15만 달러의 상금을, 이신은 무려 105만 달러의 상금을 거머쥐게 되었다.

메달 수상자들의 인터뷰가 이어졌다.

"결승 진출과 금메달이라는 목표는 이루지 못했지만, 올해는 제 실력이 아직 역부족이었음을 인정합니다. 그래도 생애 최초의 메달을 얻은 것은 뜻깊게 여기고 있고, 내년에는 반드시 정상에 서도록 하겠습니다."

아마드 부티아가 덤덤히 동메달 수상 소감을 남겼다.

이어서 박영호는 우울함을 애써 감추려 했다.

"…죄송합니다. 지금은 제가 무슨 말을 해야 할지 모르겠네요. 인터뷰 존나 웃기게 해야지 하고 생각한 드립들이 참 많은데, 지금은 욕밖에 생각이 안 나요. 그냥… 너무 분합니다."

사회자나 관객들이나 모두 웃었다.

웃다가 일제히 박수를 치며 박영호를 격려했다.

마지막으로 이신의 차례가 되었다.

"이걸 갖기까지가 이렇게 힘들었었나 하고 과거를 돌이켜 보게 됩니다. 세월이 흐르긴 흐른 것인지, 이제는 가장 힘든 상대가 누구였다는 질문에 없었다고 답할 수가 없을 것 같습니다."

"와하하하!"

"카이저! 카이저!"

"이 대단한 자식!"

관객들이 와자지걸 웃었다.

이신의 말이 이어졌다.

"힘겹게 이긴 상대가 참 많습니다. 수많은 상대를 이기고 최종 승자가 되었지만, 제가 그들보다 더 강하냐고 묻는다면 아직도 그런 확신이 들지 않습니다. 오늘의 승리는 그냥 하늘의 도움이었다고 여기고 감사하겠습니다. 그리고……."

이신은 카메라를 보며 웃었다. 좀처럼 보기 힘든 환한 미소였다.

"이깟 금붙이가 오늘처럼 귀중했던 적이 없는 것 같습니다. 여러분의 응원에 힘입은 승리로 여기고 감사하겠습니다."

역시나 박수가 쏟아졌다.

금메달리스트에게는 특집 인터뷰 등 더 많은 일정이 기다리고 있었지만, 협회 관계자는 이신을 배려해서 모두 취소해 주었다.

왕춘 감독의 간곡한 요청이 있었던 탓도 있지만, 한 번 실신했었던 이신의 건강 상태가 우려스러웠기 때문이었다.

시상식이 끝나고 이신은 SC스타즈의 코칭스태프들의 인도에 따라 병원으로 향했다.

검진 결과, 정상이었다.

어디 하나 좋지 않은 곳이 전혀 없는 말끔한 건강 사태에 의사도 놀랐다.

그렇게 월드 SC 그랑프리 개인전은 종료되었다.

제6장
폐막

[이신 금메달 쾌거]

[그랑프리 개인전 금메달, 다시 한국 품으로 '신이 돌아왔다']

[이신 vs 박영호, 전 세계 열광케 한 드라마틱한 승부]

['게임의 신' 이신 분전 끝에 금메달 획득, 박영호는 은메달에 그쳐]

[金, 銀, 명경기상 한국이 싹쓸이]

[이신 박영호 영입한 SC스타즈, 활짝 웃었다]

[세계 왕좌 탈환한 이신, 한때 실신 위기도]

뉴스가 쏟아졌다.

세계 e스포츠 최대의 축제를 장식한 이신과 박영호의 대결.

두 사람은 결승전에 걸맞은, 세계 최고 수준의 명경기를 펼쳐 더욱 큰 감동을 주었다.

마지막 한 끗 차이로 승패가 엇갈린 아이러니컬한 결말이 두 사람의 드라마를 더욱 빛내주었다.

엄청난 실력으로 이신을 위협한 박영호는 이번 그랑프리 최대의 수혜자가 되었다.

이미 지난해도 은메달을 땄기에 실력자로 인정받고 있긴 했으나, 인지도 측면에서는 아직 톱클래스로 여겨지지는 않았다. 이는 규모가 작은 한국에서 주로 활동했던 탓이 컸다.

하지만 박영호는 올해, 자신의 역량을 유감없이 보여주었다.

엔조 주앙, 아마드 부티아 등등 세계 강자를 차례로 격파하고 결승전에서는 이신을 패배 직전까지 몰아붙인 엄청난 실력은 전 세계에 똑똑히 각인되었다.

돌아온 황제 이신을 꺾을 수 있는 유일한 실력자가 된 것.

이신의 라이벌이라는 이미지를 구축하면서, 박영호의 인지도는 껑충 뛰었다.

이제는 북미권에서 말도 안 되는 활약을 떨친 마이클 조셉도 박영호보다 위라고 할 수 없지 않느냐는 목소리였다.

결과적으로 SC스타즈가 이신은 물론 박영호도 엄청난 이

적료와 몸값을 지불하고 영입한 것이 신의 한 수로 평가받았고, 이를 주도한 왕춘 감독의 안목이 높이 평가되었다.

*   *   *

그렇게 개인전은 끝났지만, 아직 그랑프리는 끝난 게 아니었다.

그랑프리의 꽃이라 할 수 있는 단체전이 남아 있었다.

SC스타즈는 세계적인 e스포츠 명가를 꿈꾸고 있었기 때문에 단체전이 무엇보다도 중요했다.

중국 프로리그를 여러 차례 제패했고, 세계적으로도 팀의 저력을 인정받는 SC스타즈였지만, 유독 그랑프리에서는 아쉬움이 많았다.

지우펑 이전에도 항상 중국에서 수위를 다투는 에이스를 보유하고 있었으나, 소속 선수가 그랑프리 개인전에서 메달을 딴 전례가 없었다.

단체전도 마찬가지.

자주 4강에 이름을 올리는 알아주는 강호였으나, 유독 메달과는 인연이 없었다.

순전히 운이 없었다고밖에 할 수 없는 현상.

이를 SC스타즈의 징크스라 불릴 정도였으니, 왕춘 감독으로서는 동메달이라도 반드시 거머쥐겠다는 의지로 가득 차 있었다.

그러나 그런 그들을 4강에서 기다리고 있는 상대는 다름 아닌 팀 크라이시스였다.

북미 최강의 팀 크라이시스는 가장 유력한 금메달 후보로 거론되는 명가.

하물며 팀 크라이시스의 에이스 마이클 조셉은 개인전에서 일찍 탈락해 버린 수모를 만회할 생각으로 살기등등했다.

물론 SC스타즈도 질 생각이 없었다. 충분히 해볼 만하다는 입장이었다.

왕춘 감독은 마이클 조셉 같은 팀 크라이시스의 주력 선수를 지우펑으로 저격할 생각을 했다.

그리고 SC스타즈의 또 다른 주력 카드인 리우를 마지막 5세트에 배치했다.

선수가 선호하는 맵이나 컨디션 등을 모두 고려한 선택이지만, 무엇보다도 어떻게든 2-2상황을 만든 뒤에 마지막 5세트에서 리우로 결정타를 찍겠다는 왕춘 감독의 시나리오였다.

그런 왕춘 감독의 생각대로 지우펑은 팀 크라이시스의 붙박이 주전 멤버 하나를 잡고 1승을 챙겼다.

2-2 스코어로 5세트까지 가는 상황이 만들어졌다.

다만 5세트에서 마이클 조셉이 나타날 줄은 아무도 예상 못했다.

팀 크라이시스를 이끄는 마르케스 감독도 왕춘 감독과 비슷한 생각을 했던 것이다.

그동안 마이클 조셉은 1, 2, 3세트에 출전하는 경향이 컸다.

마이클 조셉의 순서가 오기 전에 팀이 3—0으로 져버리면 안 되기 때문에, 필승카드를 일찌감치 내서 승리를 챙겼던 것.

하지만 그 때문에 마이클 조셉을 저격하는 상대 팀의 전략을 수도 없이 겪었다.

깜짝 전략으로 흔들려고도 했고, 아예 버리는 카드를 내밀어서 처리하려고도 했다.

그래서 이번에는 마지막에 배치하여서 승리를 결정짓게 한 것이었다.

마르케스 감독의 생각이 완전히 맞아떨어진 것은 아니었지만, 아무튼 마이클 조셉을 5세트에 배치한 생각은 상당히 유효했다.

마이클 조셉이 아니었더라면, 밴쿠버SCC의 에이스 존 던까지 이긴 적 있었던 리우를 확실하게 이길 수 있다고 장담할 수가 없었다.

중국의 대형 신인인 리우는 SC스타즈의 게으른 천재로 유명했다.

훈련보다는 다른 게임을 하며 노는 것을 더 좋아해서 팀 코칭스태프의 골치를 썩게 했다.

하지만 어떤 고난도의 전략도 주문대로 완벽하게 구사하며,

한 번도 경험해 보지 못한 특이한 상황에서도 놀라운 임기응변을 보여주었다.

어쩌면 그런 천재성은 낙천적인 평소 생활 태도에서 비롯된 게 아닐까 하고 이제는 왕춘 감독도 포기 지경이었다.

그 상대는 마이클 조셉!

무척 빠른 손과 집중력을 끝까지 유지하는 튼튼한 체력이 돋보였으나, 섬세한 컨트롤과 전략적인 유연성이 아쉽다는 평을 들었었다.

하지만 올해의 마이클 조셉은 그 단점들이 거의 사라져 있었다.

비록 개인전에서 안드레이 이바노프에게 완패당해 탈락하는 수모를 겪었으나, 그것은 실력보다는 방심한 탓이 더 컸다.

마이클 조셉은 리우를 상대로 한 5세트에서 이를 똑똑히 증명했다.

시작은 리우가 좋았다.

우직한 성향의 마이클 조셉에게 꼼수와 속임수를 좋아하는 리우는 상성이 좋지 않았다.

리우는 중반까지도 우세한 상황을 리드했다. 어떻게 불성실한 선수가 저런 완벽한 운영을 하는지 불가사의할 정도였다.

SC스타즈의 결승 진출 기대감도 최고조에 이르렀다.

하지만 중반 이후로 마이클 조셉이 살아나기 시작했다.

특유의 피지컬을 기반으로 한 엄청난 장기전 능력이 펼쳐진 것.

몰아치는 리우의 공세를 마이클 조셉은 계속 막아냈다.

바퀴들을 계속 맵에 뿌려서 곳곳에 매설된 지뢰를 제거하는 리우의 솜씨는 유려했으나, 마이클 조셉도 지치지 않고 계속 지뢰를 깔고 디펜스를 했다.

맵을 절반씩 나눠 가진 채, 리우가 공격하는 마이클 조셉이 막아내는 상황이 지속되었다.

맵 전역의 자원이 모두 고갈될 때까지 그런 상황이 이어지자, 결국 승리한 쪽은 마이클 조셉이었다.

"와아아아!!"

뉴욕 e스포츠 센터가 팬들의 기쁨의 함성으로 가득했다. 이곳 뉴욕은 팀 크라이시스의 홈이었기 때문.

SC스타즈는 낙담한 채 퇴장할 수밖에 없었다.

"아까웠구나."

왕춘 감독은 리우를 다독였다.

중요한 경기에서도 부담 없이 자기 플레이를 펼칠 정도로 배짱이 좋은 리우였다.

하지만 자신의 패배 때문에 팀의 결승 진출이 좌절된 셈이라, 낙천적인 리우라 해도 상처가 없을 수 없었다.

"하나도 안 아까웠어요. 아시잖아요?"

리우는 눈물을 머금고 볼멘소리로 투덜거렸다.

꽤나 장기전이었던지라 팽팽한 승부로 보일 수 있었지만, 속사정은 그렇지 않았다.

마이클 조셉은 끝까지 막기만 하면 이긴다는 걸 알기 때문에 심정적으로는 여유가 있었다.

오히려 공격하는 리우 쪽이 쫓기는 입장이었던 것.

"아직 때가 아니었던 것 같구나. 일단 단체전 금메달은 저들에게 맡겨두자꾸나."

왕춘 감독은 눈을 빛내며 말을 이었다.

"맡겨놓은 건 내년에 가지러 오면 되니까."

새로 합류한 이신과 박영호가 내년 그랑프리에는 단체전에서도 참전한다.

그때는 지금과는 전혀 다른 입장이 될 것이라고 왕춘 감독은 확신했다.

결과적으로 SC스타즈의 단체전 성적은 4강, 종합 4위였다.

역시나 불운했다.

'아니, 아직 우리가 약간 더 부족한 것인지도 모르지.'

왕춘 감독은 나름대로 자성을 갖기도 했다.

하지만 4강에서 팀 크라이시스를 만나고, 3·4위전에서는 하필 파리SCC와 맞닥뜨렸으니, 운도 탓하지 않을 수 없었다.

파리SCC도 유력한 우승 후보였는데, 그보다 약체라고 평가받는 팀에게 미끄러져서 결승 진출이 좌절되었던 것이다.

실력 면에서 상대적으로 부족함이 없다고 자부한 SC스타즈였지만, 파리SCC는 선수 개개인의 실력보다 전략성을 더 중시 여기는 강팀이었다.

에이스 엔조 주앙이 그 팀 컬러를 대표하는 지략가형 선수였다.

파리SCC는 치즈 러시 같은 깜짝 전략을 연달아 펼치면서 SC스타즈를 연신 흔들었고, 결국 3-1로 승리를 거두어 동메달을 차지했다.

결국 이번에도 좋은 활약은 했으나 운이 없어 메달은 놓쳤다, 라는 SC스타즈의 징크스가 증명되었다.

개인전에서도 지우펑이 3·4위전의 패배로 동메달을 놓쳤던 탓에 그 징크스가 더욱 설득력이 있었다.

중국에게 메달을 가져다주기 위해서는 SC스타즈가 상하이 게이밍에게 그랑프리 출장을 양보했어야 했다는 중국 팬들의 우스갯소리도 나왔다.

아쉬운 결과였지만 왕춘 감독은 낙담을 그만 거두기로 했다.

'어쨌거나 증명은 됐다.'

일단, 현재의 SC스타즈가 충분히 세계 최강팀들과 견줄 수 있는 팀이라는 것.

그리고 이신과 박영호가 합류했을 때, 세계 최강이 된다는 것!

'어서 내년이 왔으면 좋겠군.'

앞으로 펼쳐질 미래를 생각하니, 올해 그랑프리의 아쉬움에 그나마 위로가 되었다.

＊　　　　＊　　　　＊

팀 크라이시스의 단체전 우승과 함께 월드 SC 그랑프리는 종료되었다.

하지만 개인전 금메달과 은메달의 주인공인 이신과 박영호는 바쁜 일정에 시달려야 했다.

각종 인터뷰와 촬영 등을 해야 했기 때문이다.

박영호는 이제 패배의 후유증을 다소 회복한 덕에 인터뷰에 무리 없이 응할 수 있었다.

"비록 아깝게 금메달을 놓쳤지만 놀라운 경기력에 많은 찬사가 이어졌는데, 이에 소감 한 말씀 부탁드립니다."

"아깝게 금메달을 놓쳤다……."

"네?"

"그게 포인트인 것 같습니다."

박영호는 덤덤히 소감을 밝혔다.

"주인공이 아닌 악역으로서 카이저의 그랑프리 복귀라는 판을 꾸며준 것, 최근 들어 많은 관심과 칭찬을 받는 근본적인 이유는 거기에 있다고 생각합니다."

"하하, 필요 이상으로 스스로를 비하하시는 게 아닐까요?"

"뭐, 그게 사실이니까요. 우리나라에서도 작년에 우승했을 때보다 준우승을 한 지금 언론 주목도나 팬클럽 회원 수가 더 많아졌거든요. 그것만 봐도 답이 나오죠. 만약 제가 이겼더라면 그때도 이렇게 기뻐해 주셨을까요?"

"하하, 그러면 오히려 더 주목을 받으셨지 않을까요? 카이저라는 레전드를 이긴 주인공으로요."

"글쎄요. 그러기엔 e스포츠에서 카이저라는 닉네임이 갖는 상징성이나 비중은 너무 크죠."

박영호의 말이 이어졌다.

"물론 낙담만 하고 있지는 않을 겁니다. 지금까지는 조연이나 악역일 뿐이었지만, 숱한 좌절에도 굴하지 않고 다시 일어나 끝내 승리를 쟁취하는 '박영호'라는 드라마의 주인공이고 싶습니다."

"예, 꼭 그 드라마를 보게 될 날이 오기를 빌겠습니다. 자, 내년에는 자신이 주인공이 되겠다는 러너의 포부가 어땠나요?"

인터뷰 진행자가 이신에게 질문을 돌렸다.

"영호는……."

이신은 덤덤히 말했다.

"드라마 주인공에 적합한 외모는 아니라고 봅니다."

박영호는 진심으로 이신의 멱살을 잡을 뻔했다.

*　　　　*　　　　*

한 청년이 우울한 표정으로 컴퓨터 앞에 앉았다.

파프리카TV 프로그램을 실행해 개인 방송을 시작했다.

방송이 시작되자 시청자들이 우르르 접속했다.

삽시간에 천 명 돌파.

초단위로 백여 명씩 숫자가 늘어나고 있었다.

실로 엄청난 인기!

―ㅎㅇㅎㅇ

―오, 방송 시작했다.

―쉴 줄 알았는데 이게 웬 떡이냐.

―형 왔다 인사 박아라.

―형님 안녕하세요!

삽시간에 득시글거리는 시청자들로 인해 채팅창이 소란스러워졌다.

그때, 청년이 캠을 켜면서 마침내 얼굴이 개인 방송에 비춰진다.

화면에 한가득 들어오는 그의 얼굴!

―아 ㅅㅂ 깜짝이야!

―헐ㅅㅂ

—존나 놀랬네.

—야 이 자식아 캠 켜기 전에 미리 경고 안 하냐?

—존나 못생겼네.

—ㅅㅂ 저 못생긴 얼굴이 모니터를 꽉 채우네. 깜짝이야.

—ㅅㅂ 내 눈

격렬한 시청자들의 반응을 본 청년, 박영호는 고개를 끄덕였다.

"예, 저도 반갑습니다."

그러고는 악담을 했던 시청자들이 줄줄이 강제 퇴장되기 시작했다.

조금이라도 욕한 사람은 어김없이 퇴장을 면치 못했다.

—ㄷㄷㄷㄷㄷ

—숙청이다!

—얘들아 몸 사리자 영호 기분 안 좋다.

—금메달 놓친 걸 여기서 화풀이 하는 거 보소ㄷㄷ

—여기가 은메달 전문 BJ 방 맞나요?

—얘들아, 영호 기분 안 좋다. 얼굴 X같이 생긴 거 봐도 참자.

—응 너 강퇴 ㅂㅂ2

—ㅋㅋㅋㅋㅋㅋㅋㅋ

숙청은 한동안 계속되었다.

마침내 시청자들의 과격한 발언들이 사라지자, 비로소 박영호는 입을 열었다.

"인사는 이 정도면 된 것 같네요. 따듯하게 반겨주셔서 저도 너무 기분이 좋아요."

그러면서 정말로 자애롭게 미소를 짓는 박영호의 모습에 채팅창은 웃음으로 도배되었다.

"자, 여러분. 사람이 왔으면 좀 따듯한 위로와 칭찬 부탁드릴게요. 위로 안 해주면 방송 그냥 끕니다."

—ㄷㄷ뭐냐?
—방송 켜놓고 웬 꼬장이야.
—방송 관두고 싶냐?
—위로와 칭찬 강요하는 BJ ㅋㅋㅋㅋㅋㅋ

"예, 예. 금메달 말고는 아쉬운 게 없어서 그냥 방송 막 하려고요. 내가 돈 벌자고 방송하는 줄 아심?"

박영호가 삐딱하게 말하자 시청자들도 덩달아 삐딱해진다.

—응 얼굴 아쉬워.
—키도 아쉽다.
—아쉬운 게 너무 많다 형ㅠㅠ

—영호야 잘 들어라. 네 연봉과 명성을 받는 대신 네 키와 얼굴을 가지라면 난 절대 안 받는다.

박영호의 미소가 더더욱 자애로워졌다.

이윽고 불어 닥치는 숙청의 폭풍!

강제 퇴장을 당하는 어그로 시청자가 늘어날수록 어째 채팅창은 웃음이 가득해졌다.

열심히 어그로들을 숙청한 박영호가 말했다.

"진짜 방송 끕니다. 열 셀 게요. 하나, 둘, 셋, 넷……."

—ㄷㄷ진짜 끌지도 모른다.

—형님, 명경기 정말 감동이었습니다!

—이신보다 잘생겨 보이는데 내 눈에만 그런 건가?

—응, 니 눈에만 그래.

—진짜 너무 아쉬웠다. 금메달에 손색이 없는 실력이었는데.

—진짜 세상에 그런 경기는 이신과 박영호밖에 못할 거다.

—이신 종족 빨임. 영호가 인류였으면 몰랐다.

—인류 개사기.

—그 개사기 인류 가지고 금메달 딴 우리나라 선수는 이신밖에 없거든?

—5세트 마지막 보고서 나 막 울었는데. 영호 형 힘내세요ㅠㅠ

—진심 어제 명승부 보고서 e스포츠 팬으로 있길 잘했다는 생각이 들었습니다.

―세계 최고의 괴물 플레이어!

―영호 형 잘생겼는데 왜 그래 다들?

비로소 박영호의 굳은 눈빛이 따사로운 봄볕에 눈 녹듯이
퍼지기 시작했다.

그때, 어느 시청자의 채팅이 박영호의 주목을 끌었다.

―daurine: 영호야, 내가 전 프로게이머 출신으로서 네게 금메달을 따
는 법을 알려주고자 한다.

"어이쿠, 그러세요? 제가 알기로 한국말 하는 사람 중에 금
메달 따본 사람은 한 명밖에 없는데. 어떡해 해야 금메달 딸
수 있는지 가르쳐주세요."

그러면서 박영호는 daurine을 언제든지 블랙리스트에 추가
할 준비를 해놓았다.

블랙리스트에 올라갈 위기에 처하자 daurine라는 유저는
침묵했다.

"왜 말이 없으세요? 말 없으면 그냥 블랙 넣어버립니다, 자
칭 전 프로님?"

―daurine: 내가 잘못했다 영호야. 한 번만 용서해다오ㅠㅠ

―ㅋㅋㅋㅋㅋㅋㅋㅋ

—ㅋㅋㅋㅋㅋ

—태세 전환 보소ㅋㅋㅋㅋㅋ

—ㅋㅋㅋ웃긴다.

"얼른 가르쳐 주세요. 제가 은메달만 두 번 땄는데, 대체 어
떡해야 금메달을 딸 수 있는 건가요? 네?!"

마구 성질을 부리는 박영호.

정말로 개인 방송은 화풀이를 위해 하는 듯한 막나가는 태
도였다.

—daurine: ㅅㅂ 이신 손모가지 날리면 되잖아 이 ㅂㅅ아! 됐냐?

"어휴, 꿀팁 감사합니다. 다음에 한번 시도해 볼게요."

박영호는 박수를 쳤다.

그리고…….

—daurine님께서 블랙리스트에 추가되셨습니다.

—daurine님께서 강제 퇴장 당하셨습니다.

블랙리스트는 물론 강제 퇴장까지 2중으로 응징해 버렸다.

—ㅋㅋㅋㅋㅋㅋㅋ

—잘 가라ㅋㅋ

—멀리 못 나간다.

—ㅂㅅ ㅋㅋㅋ

—근데 저거 ㄹㅇㅍㅌ

—팩트를 말했을 뿐인데 강퇴당하네.

한숨을 쉰 박영호는 입을 열었다.

"진짜 세상 살기 힘드네요. 내 인생의 모든 고난은 어릴 때 다 겪었다고 생각했는데, 그냥 뭐 산 넘어 산이에요. 끝이 없어, 끝이."

방송 내내 투덜거리기만 하는 박영호.

이미 그의 방송 스타일을 잘 아는 시청자들은 웃거나 위로해 주며 함께 방송을 즐기고 있었다.

그러던 중 한 시청자의 질문이 박영호의 심기를 건드렸다.

—지금 휴가 중 아닌가요? 왜 틀어박혀서 개인 방송이나 하고 있는 거임?

"예, 여기 아직 뉴욕입니다. 그랑프리도 끝나고 해서 휴가를 받긴 했습니다. 그런데 제가 왜 뉴욕까지 와서 방송이나 하고 있는 줄 아세요?"

박영호가 울분을 터뜨리기 시작했다.

"아니, 혼자서 무슨 재미로 놀아요? 뉴욕이라고 뭐 이야 신 난다! 그럴 것 같아요?"

—혼자냐?
—이신은 어디 가고?
—뉴욕까지 가서 혼자냐ㅠㅠ
—영호야ㅠㅠ

"신이 형은 주디랑 브로드웨이 갔습니다."
박영호는 이를 으드득 갈며 말을 이었다.
"저도 같이 가고 싶었는데, 글쎄 주디가 눈총을 주면서 꺼 지라고 쫓아내는 거예요. 이게 말이 됩니까? 진짜 너무한 거 아니에요?"
실제로는 그렇게까지 눈치를 준 건 아니었지만 박영호는 막 무가내였다.

—오 이신 데이트!
—이신♡주디
—영호가 잘못했네.
—낄 데 끼자 영호야……
—불쌍한 우리 영호ㅠㅠ
—ㅋㅋㅋㅋ주디한테 쫓겨났구나ㅋㅋ

—나라도 쫓아냈다.

"제가 잘못했다고요? 아니, 그래도 만리타국에서 절 혼자 버려두는 건 잘한 거예요? 진짜!"

마구 투덜거리는 박영호.

하지만 시청자들은 이신과 주디를 옹호했고, 입씨름이 계속되었다.

"아 물론 저도 눈치가 있어요. 마침 차이, 존, 장양도 뉴욕 관광한다고 하기에 같이 놀려고 했죠. 근데 걔들이 오늘 어디 간 줄 아세요?"

박영호는 역정을 터뜨렸다.

"뉴욕 e스포츠 센터 관광 간다잖아요! 난 거긴 아주 학을 뗐어! 지겹다고! 걔들 진짜 미친 거 아냐? 휴가 중에도 e스포 츠야! 진짜 게임 지겹지도 않나 걔들은??"

—ㅋㅋㅋㅋㅋㅋㅋ

—뉴욕 e스포츠 센터ㅋㅋㅋ

—금메달을 코앞에서 놓친 그곳ㅋㅋ

—지겹긴 하겠지.

—??

—게임이 지겹다고?

—영호가 초심을 잃었네.

"초심은 개뿔! 나처럼 하루에 수십 판씩 해봐! 게임이 재미있나!"

박영호는 끊임없이 시청자와 티격태격하며 놀았다.

그런데 한 시청자가 별사탕까지 쏘면서 박영호에게 말을 걸려고 노력하는 게 보였다.

―형, 전 프로게이머를 지망하는 중딩입니다. 어떡해야 형처럼 잘할 수 있나요?

"프로게이머가 되고 싶다고요? 예, 어제 게임 몇 판이나 하셨나요?"

―6판이요.

"더 해 이 자식아! 내가 네 나이 땐 밤새워서 했어! 집이 잘사냐? 물러설 데가 있으니까 그렇게 느긋하지? 앙?! 이게 편해 보이냐? 공부보다 쉬울 것 같지?"

―ㅋㅋㅋㅋㅋ
―일침 보소ㅋㅋ
―맞는 말이지 뭐.

—근데 공부보다는 편해 보임.

"응, 인정. 난 공부보다 이게 더 쉽긴 했어."

박영호는 능글맞게 태세 전환을 하더니, 상처받은 프로게이머 지망 중딩을 위해 따스한 어조로 말했다.

"자, 그럼 우리 프로게이머 꿈나무를 위하여 제가 특별 강의를 하겠습니다. 일명, 은메달 따는 법입니다!"

그러면서 박영호는 스페이스 크래프트 온라인에 접속했다.

대전 상대를 찾다가 마침 적당한 S등급 인류 플레이어를 발견했다.

닉네임은 생소했지만 등급으로 보아 현역 프로게이머의 서브 아이디가 확실했다.

"자, 잘 보세요. 아주 친절하게 강의를 해드릴게요. 이렇게만 하면 은메달 딸 수 있어요."

게임이 시작되자 박영호의 손이 폭풍처럼 움직였다.

일꾼을 나눠서 자원에 붙이고,

하늘군주를 정찰 보내고,

새로운 일벌레를 생산하고,

맵 일정 지역을 화면 지정했다.

거기까지 걸린 시간이 불과 3초가량!

전광석화 같은 움직임에 시청자들은 어안이 벙벙해졌다.

"손이 이 정도는 움직여야지."

박영호는 계속 폭풍처럼 플레이했다.

바퀴와 쐐기충을 뽑아서 진출한 인류의 병력을 똥개 패듯이 쫓아내고는, 시종일관 압박했다.

그러면서 계속되는 확장!

완벽한 압살로 승리를 거둔 박영호는 시청자들에게 엄지를 척 치켜세우며 말했다.

"참 쉽죠?"

—뭘 했는지 너무 빨라서 보이지도 않는다.

—와 클래스 쩐다.

—역시 레전드 괴물.

—그걸 어떻게 따라하라는 거야ㅋㅋㅋ

—좀 친절하게 안 하냐?

—밥 아저씨의 향기가 난다. F등급도 따라할 수 있는 강의 좀 해줘라.

—현기증 날 것 같다. 화면 전환 너무 빨라서 어지러워.

—형 도움이 안 돼요ㅠㅠ

—F등급 양민은 그저 웁니다.

"아, 되게 불만 많네. 은메달 따는 법 알려줘도 뭐래. 알겠습니다. 그럼 여러분의 눈높이에 맞춰서 아주 친절하게 할게요."

박영호는 등급이 낮은 서브 아이디로 접속했다.

그리고 F등급 유저와 대전을 시작했다.

"자, 시작합니다."

박영호는 돌연 키보드에 있어야 할 왼손으로 턱을 괴었다.

"일단 일꾼을 자원에 붙입니다. 손이 안 되는 여러분의 클래스에 맞게 일꾼은 안 나눕니다."

일벌레 4마리가 나눠지지도 않고 식량 자원에 붙었다.

"여러분은 단축키도 제대로 모를 테니 키보드는 무용지물이죠. 그래서 저도 왼손을 안 쓰겠습니다. 안 되는 거 하려고 하지 말고 그냥 순응하세요. 제가 은메달 딴 것처럼 말이죠."

채팅창은 웃음바다가 되었다.

박영호는 한 손으로만 플레이를 했고, 우습게도 그럼에도 불구하고 상대를 압살하였다.

투덜거리고 뗑깡을 피우는 박영호의 개인 방송은 저녁이 되기 전에 끝났다.

개인 방송 내용이 e스포츠 뉴스에까지 뜨는 바람에, 주디가 박영호를 쫓아냈다고 인터넷에 파다하게 퍼진 탓이었다.

부담을 느낀 주디는 하는 수 없이 박영호도 불러내서 다같이 저녁 식사를 했다.

신경이 굵어 남의 눈치를 안 보는 박영호는 식사 후에 이신, 주디와 함께 뉴욕의 야경을 둘러보며 즐거운 시간을 보냈다.

그렇게 2021년 월드 SC 그랑프리는 끝이 났고, 각 팀은 곧 다시 시작될 프로리그를 대비하여서 막바지까지 분주하게 움직였다.

그것은 이신이 인수한 프로 팀, 팀 넥스트도 마찬가지였다.

제7장

고류전

최악의 위기를 겪었던 팀 넥스트는 이신이 인수하면서 간신히 고비를 넘겼다.

팀의 지휘봉을 새로 잡은 인물은 한태곤 감독.

'제로섬'이라는 닉네임으로 프로보다 더 잘하는 아마추어 고수로 시작, 중국에서 데뷔하여서 성공적인 선수 이력을 쌓은 입지전적인 인물이었다.

코치로서도 역량을 인정받아 상하이 게이밍에서 높은 연봉을 받았으나, 오랜 중국 생활로 한국이 그리워진 한태곤은 귀국을 결심했다.

한국에 돌아가기로 결심했을 때, 한태곤은 큰 욕심은 없었다.

e스포츠에서 계속 일할 수만 있다면, 그리고 자신이 지휘봉을 잡을 수만 있다면 2부 리그의 작은 팀이어도 상관없다는 마인드였다.

아무것도 없는 팀이면 다시 처음부터 새롭게 자신의 철학에 맞는 팀 컬러를 구축할 수 있으니까 말이다.

'이 정도면 내 생각보다 훨씬 잘 풀린 셈이지. 운이 좋았다고 보면 돼.'

팀 넥스트는 해이해진 선수들의 기강부터 엉망진창인 코칭스태프까지 총체적인 난국이었지만, 두 가지 장점이 있었다.

첫째, 어쨌거나 아직 1부 리그 프로 팀이라는 점.

둘째, 구단주가 이신이라는 점.

2부 리그의 작은 팀도 상관없다고 감독으로서 초심을 가지고 있었던 한태곤에게 이만하면 훌륭한 조건이었다.

게다가 후자의 이유 덕에 팀 넥스트는 창단 이후 가장 많은 관심을 받고 있었다.

이신이 인수한 팀이다!

이 사실 하나만으로도 답이 안 나오는 최하위 강등권 팀에서 새롭게 변모를 꾀하는 신생팀으로 이미지가 탈바꿈하였다.

그런 세간의 인식은 팀의 분위기로도 이어졌다.

팀 내부에서는 현재 선수들의 경쟁이 매우 치열했다.

주전 라인업을 뜯어고치겠다는 한태곤 감독의 의지가 뚜렷했기 때문에 철퇴를 얻어맞았던 1군 선수들은 바짝 긴장했고, 2군 및 연습생들은 기회를 엿보았다.

게으름을 피우며 분위기를 해치던 이들이 전부 잘려 버렸기 때문에, 2군 및 연습생에서는 열심히 하려는 분위기가 형성되었다.

팀 외부에서는 이신교 교도들의 압박이 거셌다.

이신교는 팀 넥스트에 수시로 선물을 주면서 격려를 하는가 하면, 인터넷 커뮤니티에서는 이신에게 누를 끼치면 가만 안 놔둔다는 험악한 압박을 가하기도 했다.

사실 기업도 아닌 이신 개인이 팀을 인수해서 위기에서 구해주었으면, 거기에 보답해야 하는 게 인지상정이었다.

구단주는 금메달을 땄는데 너희는 뭐하냐는 소릴 들어서는 안 되는 거였다.

확 바뀐 팀의 분위기에 SC스타즈에게서 지원받은 체계적인 선수 관리 시스템까지 더해지자 부쩍 발전하는 선수들의 역량이 눈에 보였다.

'이것도 최신이 아닌 예전 버전일 텐데 정말 대단하군.'

선수들의 경기력을 다각도로 분석하여서 단점을 찾아내는 선수 관리 시스템.

이로 인해 단점을 보완하는 방향으로 훈련을 시키니, 치열한 경쟁 구도와 맞물려서 역량이 상승했다.

한태곤 감독이 이신이라는 전설적인 구단주를 등에 업고 강력한 파워로 팀을 장악했기 때문도 있었다.

거기에 선수들에게도 모티베이션이 주어졌다.

"후반기 시즌이 시작되기 직전에 SC스타즈와 첫 교류전이 있을 거다."

선수 전원을 모아놓고서 한태곤 감독이 꺼낸 이야기였다.

"앞으로 분기마다 SC스타즈와 교류전이 있을 텐데, 너희가 성장하여서 뛰어난 실력을 증명하면 이를 통해 중국으로 진출도 할 수 있다는 뜻이다."

그 말에 선수들의 눈빛이 변했다.

최근 들어 이신과 박영호가 기록적인 몸값을 받고 이적한 것을 통해 중국 진출에 대한 관심이 많아진 상황.

분기마다 열리는 SC스타즈와의 교류전은 그 통로가 될 수 있었다.

"무엇보다도 구단주님도 교류전에 참가할 텐데 안 좋은 모습 보이지 말자."

그것이 가장 컸다.

한차례 폭풍을 겪은 선수들을 지탱해 주는 것은 구단주가 무려 대한민국이 자랑하는 레전드 이신이라는 것.

그것이 자부심이 되어서 새롭게 다시 시작한다는 분위기를 선수들에게 불어넣고 있는 것이었다.

선수들은 다시 훈련을 시작하였고, 한태곤 감독은 코칭스태프들과 회의를 했다.

"일단 SC스타즈와의 교류전이 매우 중요하다는 건 아실 겁니다."

"그야 그렇죠."

"구단주님도 참석하는 경기인데요."

한태곤 감독이나 코칭스태프들 입장에서도 이번 교류전은 자신들의 역량을 평가받는 중요한 시험대였다.

심지어 구단주가 직접 교류전에 참가해 자신들이 지도한 선수들과 게임을 할 터!

그들의 구단주는 게임에 대해 잘 모르는 일반적인 경영자가 아니라, 이신인 것이다!

"아마 현재 우리 팀의 상황에 대해서는 구단주님도 아실 겁니다. 인수하고 팀 체제를 변혁한지 고작 1개월도 채 되지 않은 상황이라, 구단주님도 큰 기대를 하지 않겠죠."

"그야……."

"지난 전반기 프로리그 때 계셨으니 팀 넥스트와 붙어보셨겠죠."

한태곤 감독이 말했다.

"하지만 그렇다고 실망을 시켜줘서는 안 됩니다. 5—0의 처참한 스코어라도 보이면 고개를 들 수 없게 됩니다."

코칭스태프들은 한숨을 푹 쉬었다.

그 점이야 잘 알고 있지만, 상대가 SC스타즈라는 게 좋지 않았다.

이번 그랑프리 단체전 우승 팀인 팀 크라이시스와 치열한 승부를 펼쳤던 강팀이고, 거기에 이신과 박영호까지 합류하지 않았던가.

5대 5로 스크림을 했을 때, 5—0으로 전패를 해도 이상할 게 없었다.

"그래서 제가 생각한 목표는 3—2입니다. 최소한 2승 정도는 올릴 수 있도록 해야 우리의 가능성을 구단주님은 물론 팬들에게도 증명할 수 있겠죠."

"2승?"

"누굴 깨고 2승을 올려야 할까요?"

"구단주님이나 박영호는 우리 애들이 덤벼도 계란으로 바위 치기인데."

"거기다가 지우펑과 리우도 있잖습니까?"

한태곤 감독이 데려온 코칭스태프는 다들 중국인이거나 중국에서 활동했던 한국인이었다.

그만큼 중국통인 그들은 SC스타즈가 얼마나 강한지 잘 알았다.

이신, 박영호, 지우펑, 리우.

그들이 보기에는 어느 강팀과 붙어도 4승을 거둘 수 있는 필승카드였다.

왕춘 감독이 정말 무서운 팀을 만들었다는 생각이 물씬 들 정도였다.

"선수 개개인의 역량에서 아직 한참 밀립니다. 정석 승부로는 원하는 성과를 거둘 수 없습니다. 우리가 본받아야 하는 건 SC스타즈를 꺾고 동메달을 딴 파리SCC입니다."

"전략적 승부수를 거는 쪽이군요?"

"예. 상대 팀보다 역량에서 밀리는 건 앞으로 후반기 프로리그에서도 계속 겪게 되는 구도입니다. 여기서 우리가 살아남아서 강등을 면하고 좋은 성적을 거두기 위해서는 이 콘셉트로 미는 수밖에 없습니다."

한태곤 감독이 구상하는 팀 컬러는 바로 전략적 승부수를 잘 구사하는 공격적인 팀이었다.

최영준처럼 어마어마한 물량을 뽑거나, 박영호처럼 말도 안 되는 피지컬을 자랑하거나, 차이처럼 완벽한 판단력을 가진 선수가 팀에 있다면 모른다.

그런 선수들은 무난한 운영 대결로 가면 승리를 장담할 수 있다.

하지만 현실적으로 그만한 수준이 못 되는 선수라면 이기기 위해 특별한 시도를 하지 않으면 안 된다.

"이번 교류전은 이 콘셉트를 시험해 보는 기회로 여기겠습니다."

한태곤 감독의 결정에 코칭스태프들도 고개를 끄덕였다.

　　　　　*　　　　　*　　　　　*

　중국에 돌아온 이신은 본격적으로 SC스타즈 소속이 되어
서 팀 훈련을 시작했다.

　그동안은 그랑프리 준비 때문에 이신이 혼자 알아서 준비
하도록 가만히 내버려 두었지만, 중국 프로리그에 대비하는
일은 얘기가 달랐다.

　이신도 박영호도 팀 훈련에 합류하여서 팀원들과 함께 연
습을 했다.

　"이거 은근히 쉽지 않은데?"

　오전 훈련을 마친 박영호가 내린 감상이었다.

　박영호는 오전 훈련 시간 내내 SC스타즈의 1, 2군 선수들
과 연습 게임을 했다.

　강력한 피지컬을 가진 박영호는 특별히 준비한 전략 없이
연속으로 붙는 연습 게임에서도 높은 승률을 자랑했다.

　하지만 한 판 한 판 승리를 쌓아나가기가 묘하게 힘이 들었
다.

　"왜 이렇게 힘들지? 선수 개개인의 실력은 딱히 JKT에 있을
때랑 차이가 별로 없는 것 같은데."

　팀이 강하다는 건 실력 좋은 선수를 얼마나 많이 보유했느
냐의 문제가 아니었다.

물론 승리를 반드시 가져다주는 에이스의 존재는 중요했지만, 기본적으로 팀이 얼마나 상대를 잘 파악하고 이에 대비하도록 선수에게 도움을 줄 수 있느냐의 문제였다.

그런 피드백 없이 수없이 펼쳐지는 연습 게임에서 드러나는 선수들의 역량은 JKT 선수들과 딱히 큰 차이가 없다고 박영호는 생각했다.

그런데 묘하게 JKT에서의 연습 게임보다 힘들게 느껴지는 것이었다.

"뭔가 끈적거리는 느낌인데 뭐라고 말로 설명하기가 힘드네."

그러자 옆에서 가만히 휴식을 취하던 이신이 말했다.

"묘하게 신경에 거슬리지? 한국에 있을 때보다 더 피로해지고."

"어, 맞아! 형도 그래?"

"개념이 달라서 그래."

"개념?"

"한국에서 통용되는 정석과 여기서 통하는 정석은 같을 수가 없지. 득실을 판단하는 기준점도 다르고, 플레이도 생소하니까 금방 피로해지는 거야."

"아, 듣고 보니 그런 것 같네."

한국에서 활동할 때는 눈 감고도 이길 수 있었다.

그만큼 익숙하기 때문이었다.

하지만 중국은 한국과 스타일이 다른 탓에 방심할 수가 없었다.

익숙한 패턴의 플레이가 아니어서 뻔히 예상할 수도 없다.

때문에 긴장하지 않을 수가 없었고, 그 탓에 쉽게 피로해진 것이다.

"이래서 실력이 좋은데도 해외 진출해서 잘 안 풀린 케이스가 많은 거구나."

장기를 잘 한다고 체스를 잘 하지는 않는다.

서로 통용되는 룰이 같아야 거기서 심화된 두뇌 싸움이 통하는 것이지, 아예 정석과 기본적인 개념이 상이한 곳에서는 힘든 부분이 없지 않았다.

"어서 이쪽 스타일에 익숙해져야지."

"응, 그래야지. 자칫 잘못하면 중국 데뷔 첫해부터 체면 구길라."

마음을 다잡는 박영호에게서 신경을 끄고, 이신은 곰곰이 생각에 잠겼다.

'이번 교류전이 좋은 기회가 될 수도 있겠군.'

조만간 있을 팀 넥스트와의 교류전.

중국에 대해 잘 알고 있는 한태곤 감독은 SC스타즈를 상대로 과연 어떤 방식으로 공략을 하려 할지 궁금했다.

그것이 중국에서 활동해야 하는 이신에게 어떤 힌트를 줄 수도 있을 터였다.

'한태곤 감독의 역량을 알 수 있는 기회도 되겠지.'

팀 넥스트를 인수한 것은 그리 큰 생각 없이 내린 결정이었
다.

강등권이 확실하고 팬들의 신뢰도 잃어버려서 가치가 땅에
떨어진 1부 리그 프로 팀.

하지만 이 팀을 값싸게 인수한 다음 엉망이 된 내부를 재정
비하고 정상화시킬 수만 있다면, 그리하여 1부 리그에 잔류시
킬 수만 있다면 이신의 투자는 성공하면 성공했지 절대로 손
해를 보지 않을 터였다.

다시 고정 팬들도 되찾고서 정상적인 1부 리그 프로 팀이
되면, 스폰서 문의를 하는 기업들이 늘어날 터였다.

사실은 이미 벌써부터 후원을 하고 싶다는 기업의 문의가
많이 들어오고 있었다.

국민적인 영웅인 이신이 구단주가 되어서 새롭게 출발을
하는 팀!

그 이미지에 투자 매력을 느끼는 기업은 한둘이 아닌 것.

사실 이신도 이러한 자신의 브랜드 가치를 믿고 투자한 것
도 있었다.

아무튼 팀 넥스트의 재정비가 순조롭게 진행만 된다면 투
자는 성공이었다.

'그러고 보니 팀 이름도 바꿔야 하는군.'

　　　　　*　　　　　*　　　　　*

　엄살을 부리던 첫날과 달리 박영호는 다음 날 곧장 적응한 모습이었다.

　중국 선수들의 스타일 성향을 어느 정도 파악한 것.

　"이제 좀 알 것 같아. 얘들은 되게 과감해. 아주 공격에 미쳐 있는 것 같아."

　힘들다며 중국 적응 문제를 고민하던 게 바로 어제였다.

　하루아침에 태도가 달라진 박영호의 모습에 이신은 그저 침묵했다.

　"이 정도면 안 들어오겠지 할 때 그냥 공격 들어온다니까? 덕분에 게임이 진흙탕 싸움이 되는 경우가 많아서 피곤했는데, 이제 그 아슬아슬한 적정선을 찾은 것 같아."

　"어떻게?"

　"인류는 아슬아슬하게 들어오고 싶어지게 만들어서 싸먹으면 돼. 내가 굳이 쫄아서 가드를 더 올릴 필요가 없더라고. 신족은 그럴 생각을 못하게 내가 적극적으로 먼저 나가서 압박하고 때려잡아야지."

　"괴물은?"

　"괴물 대 괴물 동족전이야 똑같지. 이 몸의 재능과 육감?"

　그러면서 박영호는 재수 없게 깔깔거리며 다시 훈련을 하러 사라졌다.

"……."

이신은 할 말이 없었다.

사실 이신이야말로 SC스타즈의 팀 컬러에 적응하기 위해 많은 노력을 기울이는 형편이었다.

경기력의 문제가 아니었다.

전략 연구팀의 피드백을 받으며 플레이 스타일과 전략을 조율해 나가는 협업(協業)이 힘들었다.

이는 최환열이 과거에도 지적했던 문제였다.

이신은 지금까지 감독, 코치, 전략팀이 해줘야 하는 역할을 혼자 다했다.

오히려 앞길에 훼방을 놓는 최악의 팀에서 선수 생활을 시작했기 때문이다.

그럼에도 늘 이겼다.

그래도 될 정도로 재능이 넘쳤던 것.

분석도 훈련도 전략 연구도 혼자 다해먹었던 이신에게 이제 와서 팀워크는 익숙하지 않은 일이었다.

하지만 이는 SC스타즈 측도 마찬가지였다.

이신의 플레이에 대하여 뭐라고 피드백을 주기가 참 조심스러웠다.

플레이가 너무 완벽해서?

그렇지 않다.

가위 바위 보에서 완벽한 한 수는 없듯, 이 세상에 완벽한 플레이도 없었다.

　오히려 가만 보고 있으면 이신의 약점은 수도 없이 많았다.

　보고 있기 무서울 정도로 위험천만한 플레이.

　그럼에도 좁은 문을 비집고 들어가듯이 늘 성공시키는 불가사의한 센스.

　질 것 같은 전투도 컨트롤로 극복해 버린다.

　그런 걸 보고 있자면, 전략 전문가로서는 딜레마에 빠질 수밖에 없었다.

　객관적인 수학적 계산으로 완전한 플레이를 설계하면, 그것은 필연 방어적이고 안전한 전략이 된다.

　그렇게 선수들의 결점을 하나씩 보완해 나가면서 약점 없는 선수를 만드는 것이 팀 내 전문가들의 역할이었다.

　그러니 이신을 건드리기가 힘들었다.

　괜히 함부로 손대면 이신의 반감을 사거나, 혹은 이신다운 개성을 잃게 만들 수 있기 때문.

　'저거 너무 무모한 것 아닌가?'

　'견제를 왜 저렇게 목숨 걸고 하는 거지? 실패하면 자연스럽게 불리해지는데?'

　'손목 부상 후에 돌아왔을 땐 안정적인 스타일로 변한 모습이었는데, 어느새 다시 과거의 모습으로 돌아왔어.'

그들은 잘 몰랐지만, 사실 이신이 다시 과거의 극단적인 공격성을 되찾으려 하는 것은 인공지능 Kaiser2017과의 대결 때문이었다.

유리한 상황.

그러나 Kaiser2017의 끝없는 공격성에 휘말린 끝에 역전패.

과거 이신의 재물이 되었던 상대 선수들이 겪은 패배를 똑같이 당한 것이다.

그것을 계기로 스스로가 예전과 달라져 있음을 깨달은 이신은 자신의 본모습을 되찾기로 결심한 것이다.

'역시 사람 본성은 변치 않는 건가.'

'그래도 삐끗하면 형세가 불리해지는데, 너무 배수진을 치는 게 아닌가 모르겠네. 요즘은 예전과 달라서 선수들이 유리한 형세를 굳히는 데 능하다고.'

차마 본인에게 할 수 없는 수많은 말들이 전문가들의 머릿속에서 맴돌고 있었다.

그 같은 고민에 대하여 왕춘 감독이 해결에 나섰다.

"선수는 저마다의 스타일이 있다."

일단은 이신의 공격적인 스타일을 존중한다는 뜻이었다.

역대 최강, 아직도 현재진행형인 레전드니 당연했다.

"만약 그 스타일이 좋지 못한 결과를 냈을 때는 수정할 것을 권하고 보완시키는 게 우리의 역할."

예를 들면 한동안 부진을 겪었던 톱스타 엔조 주앙이 있다.

2020년에 그랑프리 개인전 금메달을 목에 걸고 전성기를 맞이했지만, 이내 재개한 프로리그에서 이름값에 어울리지 않는 성적을 거두었다.

그 원인은 본인에게 맞지 않는 '이신'이라는 옷을 몸에 걸치려 했기 때문이었다.

박영호를 꺾고 금메달을 차지할 수 있었던 것은 허를 완벽하게 찌르고 들어간 치밀한 전략의 승리였다.

끝없는 견제로 압박하며, 난전을 펼쳐 상대를 넝마로 만드는 플레이는 그 플레이를 지속할 수 있는 피지컬이 따라야 한다.

마이클 조셉에게는 그런 피지컬이 있었기에 이신 스타일을 배워서 자신에게 맞게 장착했지만, 엔조 주앙은 그렇지 못했다.

그러다가 이신과 연습을 통해 슬럼프를 극복했다.

결과적으로 엔조 주앙은 이신 스타일을 버리고 지략가로서 각성한 것이다.

상대의 허를 찾는 데 기막힌 센스를 가진 엔조 주앙은 지략가로서 누구나 까다로워하는 선수가 되었고, SC스타즈의 단체전 동메달을 놓치게 만드는 데 일조했다.

그처럼 선수는 저마다 개성과 재능이 따로 있고, 그걸 찾아주는 게 팀의 역할이었다.

"카이저는 예전부터 줄곧 그런 스타일로 누구보다도 성공한 선수다. 피지컬의 노쇠화 등의 문제로 더 이상 그 스타일을 유지할 수 없을 때는 손을 봐야 하지만, 아직은 그럴 필요가 없어 보인다."

왕춘 감독의 말에 전략 연구팀의 연구원들도 동의했다.

아무도 의식하지 못했지만, 왕춘 감독의 그 말 속에는 이신이 더 나이 들어 노쇠했을 때도 끝까지 팀에 데리고 있겠다는 의지가 은연중에 포함되어 있었다.

이신이 은퇴할 때까지도, 그 뒤에도 코치나 전략 연구원 등으로 계속 데리고 있고 싶어 하는 왕춘 감독의 마음이었다.

결국 SC스타즈는 이신의 스타일을 더 보강시켜 주는 방향으로 피드백을 해주었다.

이신의 플레이 데이터를 분석하고, 단점을 파악한다.

그리고 연습 상대를 해주는 선수에게 데이터 분석에서 드러난 약점을 공략하도록 지시한다.

그러면 이신은 상대가 공략을 시도했던 자신의 약점을 스스로 보완하거나 때때로 전략 연구팀의 조언을 받기도 한다.

상대 선수가 계속 정확한 공략 포인트를 찌르고 들어오니, 이신으로서는 꽤나 힘든 훈련이었다.

하지만 이신은 힘든 만큼 보람을 느꼈다.

'좋군.'

자신이 점점 강해진다는 느낌이 좋았다.

그렇게 훈련을 한 지 얼마 되지 않아, 마침내 팀 넥스트가 북경을 방문했다.

약속했던 교류전 때문.

이신으로서는 자신이 충동 구매한 팀의 현 상태를 파악할 좋은 기회였다.

'유망주 한둘만 발견해도 다행이지.'

전반기 시즌을 한국에서 보낸 이신은 팀 넥스트가 어떤 팀 인지 잘 알고 있었다.

승점 자판기.

그나마 탐났던 선수가 손가락 관절 부상을 당한 손지훈밖에 없었던 최악의 쓰레기 팀.

때문에 이신은 구단주로서 팀에 갖는 기대치가 매우 낮았다.

다만 한태곤 감독이 앞으로 잘 이끌어서 팀을 어서 정상화시켜 주길 바랄 뿐이었다.

한태곤 감독은 왕춘 감독도 추천한 인재였지만, 직접 지휘봉을 잡았을 때는 어떤 모습일지 결과를 보지 않으면 모르는 법이었다.

'어쨌든 강등이나 면하게 해줬으면 좋겠군.'

사실 이를 위해 이신은 한태곤 감독에게 선수 일류급 선수 한둘을 영입할 자금을 주겠다고 한 적이 있었다.

하지만 놀랍게도 한태곤 감독이 이를 거절했다.

좋은 선수를 영입하기보다는 자신이 좋은 선수를 키워서 감독으로서의 능력을 증명하겠다는 것이었다.

고집이든 자신감이든 이신으로서는 아무래도 좋았다.

어쨌거나 2부 리그로 강등당하는 사태만 면하게 해준다면 한태곤 감독의 역량을 인정할 용의가 있는 이신이었다.

"안녕하십니까, 구단주님!"

한태곤 감독과 코칭스태프, 선수들이 일제히 우렁찬 목소리로 인사했다.

이신은 덤덤히 고개를 끄덕이고는 한태곤 감독과 악수를 나누었다.

그런 이신을 바라보는 팀 넥스트 선수들의 얼굴에는 선망으로 가득 차 있었다.

모든 프로게이머의 로망.

나아가 성공을 꿈꾸는 남자의 표본 같은 존재가 눈앞에 있었다.

교류전의 상대 팀 선수가 자기들의 구단주라니.

이 괴이한 상황마저도 이신이 멋있게 보이게 했다.

얼마나 성공했으면 아예 팀 하나를 사버렸을까!

선수—코치—감독—구단주!

프로게이머라는 생명체가 진화하는 과정이 바로 이 같을 것이다.

"나도 성공해서 구단주 되고 싶다."

"거기까지는 바라지도 않는다. 난 감독."

"나도 롤스로이스 타고 다니고 싶다."

"게임만 잘해도 손목에 바쉐론 콘스탄틴이 채워진다지?"

"나도 열심히 노력하면 저렇게 키 크고 잘생겨질 수 있냐?"

"정신 나갔냐?"

1군이며 2군이며 할 것 없이 모든 선수가 이신을 뚫어져라 바라보고 있었다.

그런 선수들을 바라보는 구단주의 마음은 심란했다.

이게 경쟁의식과 승부욕을 가져야 할 상대 팀 프로 선수들인지, 자신의 팬클럽 회원들인지 잘 분간이 안 갔다.

"이거 많이 긴장되네요. 구단주님께 직접 검사받는 셈이잖습니까."

한태곤 감독이 농담을 했다.

하지만 농담이 아니라 진심이었다.

어디 선수들을 얼마나 잘 가르쳤는지 내가 직접 확인해 본다며 대전 상대가 되는 구단주!

게임에 대해 누구보다도 잘 알아서 숨기거나 속일 구석이 조금도 없는 구단주가 바로 이신 아닌가?

"당장 이번 교류전 성적은 큰 기대를 하지 않으니 부담 가지실 것 없습니다."

이신이 대꾸했다.

SC스타즈는 세계적인 강팀이니 당연했다.

"그보다 팀 상황은 어떻습니까?"

"분위기는 아주 좋습니다. 다소 엄격하게 칼을 댄 덕에, 열심히 할 의욕이 있는 선수들만 남았거든요. 잘라낸 2군 선수나 연습생들에게는 미안한 일이지만요."

한태곤 감독은 연습 기록을 확인하고서 기준 미달인 2군, 연습생을 모조리 쳐내 버린 장본인이었다.

한태곤 감독이라고 속이 편한 건 아니었다.

그들도 나름대로 많은 것을 포기하고 게임에 뛰어든 아이들 아닌가.

자업자득, 뼈를 깎는 희생 등의 표현은 자기가 당사자가 아니니까 할 수 있는 위선적인 말이었다.

고개를 끄덕인 이신이 말했다.

"다시 학업을 하는 사람에 한하여 학자금을 지원하도록 하죠."

"예?"

한태곤 감독은 깜짝 놀랐다.

"우리 팀 소속이었던 선수에게 1년 정도 학자금을 지원해 주는 제도를 마련하기로 하죠. 이 부분에 대해 구체적인 방안을 마련해서 제게 보고해 주세요."

"그게 진심이십니까?"

이신은 어깨를 으쓱했다.

"마침 상금도 타고 해서 돈이 넘쳐납니다."

올해 그랑프리에서 획득한 상금만 무려 105만 달러!

게다가 그랑프리를 치르면서 부가적으로 얻은 각종 광고 수익까지 합하면 이신이 거둔 수익이 어마어마했다.

은행을 가면 지점장이 뛰쳐나올 정도!

"그렇게까지 선수들의 복지를 챙겨주신다면 다들 좋아할 겁니다."

무척 기뻐하는 한태곤 감독.

한자리에 있던 선수들도 감격한 눈치였다.

정말 좋은 구단주를 만났다는 눈치였다.

*   *   *

학자금 지원 문제는 차후에 논의를 거쳐서 적정선의 비용으로 해결되도록 현실적인 방안을 마련하기로 했다.

한태곤 감독이나 코칭스태프나 선수 전원은 다시 교류전에 집중하기로 했다.

구단주님이 몸소 상대가 되어 점검한다!

선수 연봉을 주는 물주가 현장에서 그냥 지켜보는 것도 아니고 게임 상대로 참여하는데 실망스러운 모습을 보인다는 건 말도 안 됐다.

"집중해서 사소한 부분까지 잘 신경 쓰고, 열심히 플레이하는 모습을 보이도록 해라. 구단주님이 보고 계신다! 알지?"

"옛!"

"패색이 옅어져도 금세 포기하지 말고 이길 수 있는 방법을 찾도록 해라."

결과보다는 승부사로서의 자질을 증명하는 게 중요한 자리였다.

선수들은 비장한 각오를 갖고 교류전에 임하였다.

첫 스크림.

1세트는 리우가 인류를 상대로 가볍게 승리를 거두었다.

2세트 또한 박영호가 신족을 상대로 가뿐하게 승리.

그런데 3세트에서는 지우펑이 패배하는 이변이 연출되었다.

지우펑을 잡아낸 주인공은 변재현.

팀 넥스트 인수 당시, 개판이었던 팀 분위기 속에서 그나마 열심히 연습하던 선수 2인 중 하나였다.

종족은 지우펑과 같은 신족.

빌드 오더도 비슷했기 때문에 같은 병력으로 싸웠는데도 지우펑을 이긴 것이다.

"오, 빈 수송기로 낚시한 거 좋은데?"

박영호가 놀란 표정이 되었다.

이신도 고개를 끄덕였다.

"센스가 좋아."

변재현은 텅 빈 수송기로 지우펑의 본진을 기웃거리며 견제 플레이를 하는 척했다.

거기에 철갑충차가 타 있을 거라고 생각한 지우펑은 병력 일부를 본진을 수비하기 위해 돌렸다.

그 병력 일부가 빠진 순간, 변재현은 총공격을 퍼부은 것이다.

서로 병력이 비슷한 상황.

거기서 지우펑의 일부 병력이 빠졌으니 유리하다고 판단한 것이다.

전략도 좋았고, 지우펑을 상대로 그걸 성공시킨 능력도 인정할 만했다.

아무리 전력이 약간 열세였어도, 지우펑은 세계적인 강자였다.

전투 시 컨트롤 싸움에서 결과가 정반대로 뒤집힐 수도 있는 법이었다.

하지만 변재현은 수준급의 철갑충차 컨트롤을 앞세워서 전투를 승리로 가져가는 데 성공했다.

"전투에 자신이 있었군."

"이제 기억나네. 쟤 예전에 프로리그에서 날 상대로 사략기랑 철갑충차를 썼었어."

박영호가 말했다.

"내가 폭탄충으로 철갑충차를 태우고 있던 수송기를 격추시켜서 이겼지."

"철갑충차 컨트롤에 자신이 있었던 모양이군."

"그렇지. 안 그러면 괴물 상대로 사략기, 철갑충차 전략을 시도했겠어?"

4세트는 이신의 차례였다.

상대는 최욱이라고, 변재현과 같이 팀 넥스트에서 가장 성실한 선수였다.

최욱은 그냥 무난한 괴물의 플레이를 했다.

특별한 게 보이지 않았지만 제법 꼼꼼한 운영을 하는 걸로 보아, 기본기가 탄탄해 보였다.

'운영을 잘하는군. 괴물로서는 좋은 장점이다.'

다만 아직 경험이 부족한 게 아쉬웠다.

이신이 항공수송선 드롭 작전을 펼치며 난전을 유도하자 흔들리는 모습이었다.

계속해서 스피디하게 흔드니, 이리저리 휘둘리는 모습은 아직 경험이 부족한 신인의 그것이었다.

'그래도 반응은 빠르군.'

잘 키운다면 언제나 제 몫을 꾸준히 해주는 선수가 될 듯했다.

이 두 사람을 제외하고는 별 볼 일이 없었다.

5세트도 SC스타즈가 가볍게 가져가면서 첫 스크림이 끝났다.

분전을 한 것은 변재현과 최욱 두 사람 정도였다.

"예상은 했지만 역시나 완패했군요. 보기에 어떠셨습니까?"

한태곤 감독이 이신에게 물었다.

"변재현과 최욱 두 사람은 볼만했습니다."

"역시 알아보시는군요. 저 두 선수가 핵심 전력이 될 겁니다."

"나머지는 수준 미달로 보였습니다만."

이신의 냉정한 평가.

한태곤 감독은 고개를 끄덕였다.

"아직 부족한 점이 많습니다. 그래도 성장 속도가 빠른 점은 긍정적입니다."

"앞으로의 발전 가능성을 이야기하는 건 알겠는데, 당장 시작될 강등권 탈출 경쟁이 이 정도 전력으로 될지는 모르겠군요."

이신은 여전히 회의적이었다.

언젠가 차이가 했던 말이 사실로 들렸다.

1군부터 2군, 연습생까지 모두 줄 세워 놓고 혼자서 올킬할 수 있다고 했던가?

차이 특유의 자신만만함이 들어간 치기 어린 말투였지만, 아예 틀린 말로 보이지도 않았다.

차이가 빌드 오더 상에서 약간 손해를 보더라도 안전하게만 플레이하면 오늘 본 팀 넥스트 선수들은 아무도 차이를 못 이긴다.

가능성이 그나마 있다면 의외성이 있는 변재현 정도?

지금으로서는 프로리그에서 살아남을 수 있는 특별한 한 방이 보이지 않았다.

"박하신 평가는 이해합니다. 하지만 저희도 첫 스크림이라 좀 평범한 플레이를 한 감이 없지 않습니다. 한 번 더 스크림을 한다면 그때 제가 어떤 콘셉트를 생각하고 있는지 보여드리겠습니다."

잠시 후, 한태곤 감독은 왕춘 감독과 대화를 나눠 한 번 더 스크림을 하기로 했다.

패배의 수모를 당한 지우펑의 눈빛이 변했다.

100배로 갚아주겠다는 이글거리는 분노가 피부로 느껴질 정도였다.

그때, 왕춘 감독이 이신에게 다가와 물었다.

"더 하고 싶으십니까?"

이신은 쓴웃음을 지으며 고개를 저었다.

"괜찮습니다."

"알겠습니다."

왕춘 감독은 리우, 이신, 박영호를 뺐다.

그리고 다른 선수들을 대거 투입했다.

그들 또한 SC스타즈의 1군 선수들로, 중국 프로리그 우승의 주역들이라 절대 얕볼 수 없는 실력자들이었다.

지우펑은 방금 전의 패배를 설욕하도록 기회를 주기로 했다.

한태곤 감독도 선수 2명을 교체했다. 보다 많은 선수를 시험해 보려는 눈치였다. 곧 시작될 후반기 프로리그를 앞두고 주전 라인업 선정에 고민이 많아 보였다.

"헤이, 카이저!"

문득 리우가 다가와 말을 걸었다.

의아한 표정을 띤 이신에게 리우가 물었다.

"저 팀이 네가 인수했다는 팀이야?"

"어."

"흐음, 그렇구나."

고개를 끄덕거리는 리우.

"붙어본 감상이 어때?"

이신이 물었다.

리우는 어색하게 웃으며 대답을 피했다. 차마 구단주 면전 앞에서 형편없었다고 말할 수는 없다는 눈치였다.

"얼마나 약했냐고 묻는 거야."

이신이 질문을 정정했다.

그제야 리우가 말했다.

"너무 손쉽게 이겼지. 그런데 솔직히 상대도 뭘 해볼 기회도 없어서 아쉬웠을 거야."

리우는 1세트 게임에서 바퀴 난입을 시도했었다.

쐐기충으로 본진을 가볍게 견제해서 보병들을 유인한 뒤, 비밀리에 모은 다수의 바퀴 떼를 앞마당에 난입시킨 것이다.

쐐기충도 앞마당에 발 빠르게 합류하여서 그야말로 초토화를 시켰다.

본진을 수비하러 들어갔던 보병들도 부랴부랴 앞마당으로 달렸지만, 날아다니는 쐐기충보다 이동속도가 느린 건 어쩔 수 없었다.

기동력의 우위를 앞세워서 짧은 순간 빈틈을 만들어낸 리우의 센스가 돋보였다.

고수에게는 그 짧은 순간만 빈틈을 만들어도 찌르고 들어가 게임을 끝낼 수 있는 것이었다.

"솔직히 좀 얕잡아봐서 과감하게 공격 들어간 거였는데 잘 먹히더라. 상대가 카이저였다면 건설로봇 블로킹에 막히거나, 철두철미한 정찰로 바퀴들의 존재를 들켰거나 했을 거야."

낙천적인 성격답게 한 번 입이 열리니 거침없이 솔직하게 평가하는 리우였다.

이신도 같은 생각이었기 때문에 고개를 끄덕여 동의했다.

"아직 못 보여준 뭔가가 있다면 이제 보여주겠지."

"그런데 그보다 다음에 기회 되면 금메달 한번 보여주면 안돼?"

결국 리우의 진짜 목적은 이거였던 모양이었다.

이신은 다음에 기회 되면 한국에 놀러오라고 일러뒀다.

이번 그랑프리에서 딴 금메달은 차이 일행에게 집에 갖다놓으라고 건네줬기 때문이었다.

리우는 몹시 아쉬워했다.

1세트부터 지우펑이 나섰다.

상대는 인류 플레이어였다.

예전부터 팀 넥스트의 주전으로 나오면서 많은 패배를 쌓았던 선수 같은데, 이름은 잘 기억나지 않았다.

늘 무난하게 패배하는 모습만 기억났다.

그런데 오늘은 기세가 사뭇 달랐다.

"오."

"2병영?"

놀랍게도 인류는 병영을 2채까지 짓고서 보병을 모으고 있었다.

앞마당에 확장 기지를 짓는 척하면서 액션을 취하더니, 10명이나 되는 보병으로 치고 올라가기 시작했다.

보통은 페이크 더블 전략이라는 게 있다.

보병 네댓 명과 기동포탑 1기, 고속전차 1기로 구성된 병력으로 신족을 앞마당까지 밀어붙인다.

그 과정에서 보병은 다 죽지만, 고속전차로 지뢰를 매설해 신족으로 하여금 나오지 못하게 해놓고 기동포탑만 살려서 귀환시키면 안전하게 앞마당 확장 기지를 돌리면서 운영할 수 있다.

'이제는 프로들 사이에서는 안 쓰지.'

프로들 사이에서는 잘 쓰이지 않았다.

거신병기로 무빙을 당기는 신족 플레이어들의 컨트롤이 워낙 좋아져서다.

긴 사거리를 이용해 치고 빠지는 식으로 보병들을 다 잘라 버리고, 오히려 소중한 인류의 기동포탑까지 격파해 버리는 전과도 거두곤 한다.

그런데 지금은 거기서 변형된 전략이었다.

앞마당 확장을 하지 않고, 2병영에서 통상의 두 배가량 되는 보병을 모아서 아예 신족을 끝내 버리는 전략인 것.

이윽고 인류의 공격이 시작되었다.

계속 앞마당에 확장 기지를 짓는 척하며 지우펑을 속였던 인류는 비밀리 모은 보병들을 전부 이끌고 기동포탑과 함께 진격했다.

고속전차는 물론 건설로봇들까지 대거 포함된 타이밍 러시였다.

"저거 못 막을 수도 있겠는데? 그치? 앞마당 날려 버리고 거기다 참호 짓고 완전히 조여 버리면 끝이잖아?"

옆에서 친한 척을 하던 리우가 물었다.

"침착하게 대처 못하면 지지."

지우펑에게는 광신도 1기와 3기의 거신병기밖에 없었다.

보통 이 단계에서 승부를 보려면 2기갑을 더 많이 쓴다.

그런데 기갑 정거장이 아닌 2병영이라니, 그리 많이 쓰이는 전략이 아니라서 당황할 법도 했다.

그런데 그 순간, 지우펑의 놀라우리만치 침착한 거신병기 컨트롤이 펼쳐졌다.

—으악! 아악!

—으아악!

거신병기들이 계속 뒷걸음질을 치면서 빔을 쏴서 보병을 1명씩 사살해 나갔다.

광신도 또한 거신병기에게 얻어맞아 체력이 간당간당해진 보병만 쏙쏙 골라서 공격해 마무리 짓는다.

정교한 컨트롤로 앞마당까지 물러났을 때 인류는 보병이 거의 다 죽어 있었다.

오히려 후퇴하는 인류를 쫓아가 기동포탑마저 파괴시키고는, 더 병력을 모아서 역습을 가해 끝장내었다.

지뢰로 매설해 방어를 해두었지만, 광신도를 던져서 모두 제거해 버리고는 질풍같이 인류를 덮친 것이다.

GG를 받아낸 지우펑은 그제야 좀 기분이 좋아 보였다.

지우펑이 워낙 잘했지만 이신은 조금 전과 달라진 팀 넥스트의 날카로운 플레이가 눈에 들어왔다.

2세트에서는 변재현이 또 승리를 거두었다.

수송기 3기에 광신도를 잔뜩 태운 뒤에 거신병기들과 함께 공격해서 인류의 방어 라인을 돌파해 버린 것이다.

SC스타즈의 인류 선수는 훈련을 잘 받았는지 디펜스 라인이 흠잡을 데 없었는데, 거의 억지로 뚫어버린 변재현의 투지가 놀라웠다.

'이제 보니 자신 있는 건 철갑충차가 아니라 수송기를 쓰는 컨트롤이었군.'

격추되기 직전까지 계속 병력을 실어 나르며 날카롭게 찌르고 들어가는 전투 능력이 탁월했다.

1-1로 팽팽한 상황을 만들어내자 팀 넥스트 선수들이 박수를 치며 좋아했다.

지우펑의 슈퍼 플레이로 회심의 전략이 막혀 버린 1세트의 패배를 만회하고 분위기를 반전시켰다.

이신은 변재현이 팀의 에이스가 될 만한 제목으로 보였다.

실제로 몹시 만족해하는 한태곤 감독을 보니, 그럴 의도로 변재현의 강점을 더 키워주는 듯했다.

'아마 돌파하는 전투 훈련만 중점적으로 했을 거다.'

중후반으로 가면 운영 능력에서 미숙함을 드러낼 터.

하지만 오히려 강점을 더 갈고닦아서 한 방을 장착시켰다.

이신은 한태곤 감독이 어떻게 팀 넥스트를 강등 위기로부터 살릴 생각인지 알 것 같았다.

『마왕의 게임』 18권에 계속…

미러클
테이머

인기영 장편소설
FUSION FANTASTIC STORY

MIRACLE
TAMER

이계로 떨어져 최강, 최고의 테이머가 되었다.
그러나… 남은 것은 지독한 배신뿐.

배신의 끝에서 루아진은 고향, 지구로 되돌아오게 되는데…….
몬스터가 출몰하기 시작한 지구!
그리고 몬스터를 길들일 수 있는 테이머 루아진!
그 둘의 조합은……?

『미러클 테이머』

바야흐로 시작되는
테이머 루아진과 몬스터들의 알콩달콩한
대파괴의 서사시!!

Book Publishing CHUNGEORAM

유행이 아닌 자유추구 -
WWW.chungeoram.com

이모탈 퓨전 판타지 소설
FUSION FANTASTIC STORY

용병들의 대지
Road of Mercenaries

이 세계엔 3개의 성역이 존재한다.
기사들의 성역, 에퀘스.
마법사들의 성역, 바벨의 탑.
그리고… 그들의 끊임없는 견제 속에 탄생하지 못한

『용병들의 대지』

전쟁터의 가장 밑을 뒹굴던 하급 용병 아론은
이차원의 자신을 살해하고 최강을 노릴 힘을 가지게 된다.

그의 앞으로 찾아온 새로운 인생!
아론은 전설로만 전해지던
용병들의 대지를 실현시킬 수 있을 것인가!

Book Publishing CHUNGEORAM

유행이너머 자유추구
WWW.chungeoram.com

FUSION FANTASTIC STORY

텀블러 장편소설

현대 천마록

천하를 호령하고, 전 무림을 통합한
일월신교의 교주 천하랑.
사람들은 그를 천마, 혹은 혈마대제라고 불렀다.

『현대 천마록』

무공의 끝은 불로불사가 되는 것이라 생각했지만
그로서도 자연의 섭리 앞에선 어쩔 수 없었다!

'그렇게 많은 피를 흘렸음에도 불구하고
죽을 때가 되니 남는 것이 없군그래.'

거듭된 고련 끝에 천하랑의 영혼이
존재하지 않게 된 그 순간
그의 영혼은 현세에서 천마로서 눈을 뜬다!

Book Publishing CHUNGEORAM

유행이 아닌 자유추구 -
WWW.chungeoram.com